U0142720

APRENDE *FÁCIL* CHINO ACTUAL (1)

Chino Elemental

精彩漢語（一）

（初級漢語）

APRENDE *FÁCIL* CHINO ACTUAL (1)
Chino Elemental
精彩漢語（一）
（初級漢語）

Editor general（總編輯）
Shih-Chang Hsin（信世昌）

Editor ejecutivo（執行編輯）
Wang-Tang Lee Jen（黎萬棠）

Autora de la edición española（西文編輯）
Consuelo Marco Martinez（馬康淑）

Editores（編輯）
Yu-Yuan Young-Stein（楊尤媛）、**Fang-Fang Kuan**（關芳芳）、
Hui-Chuan Wang（王慧娟）、**Chun-Ping Lin**（林君萍）

Asistentes editoriales（編輯助理）
Yun-Jen Lee（李芸蓁）、**Fang-Fei Ye**（葉芳菲）、**Yu-Hui Huang**（黃郁惠）、
Yi-Qi Chen（陳翊綺）

Ilustración（插畫）
Shi-Wen Huang（黃詩雯）

Director de multimedia（多媒體總監）
Yu-Yang Yang（楊豫揚）

定價 €19.95

This work is partially supported by the "Aim for the Top University Project" and "Center of Learning Technology for Chinese "of National Taiwan Normal University (NTNU), sponsored by the Ministry of Education, Taiwan, R.O.C. and the "International Research-Intensive Center of Excellence program "of NTNU and Ministry of Science and Technology, Taiwan, R.O.C. under Grant no. MOST 104-2911-I-003-301.
本華語教材之製作完成感謝教育部「邁向頂尖大學計畫」與科技部「跨國頂尖研究中心計畫」(MOST 104-2911-I-003-301), 以及國立臺灣師範大學「華語文與科技研究中心」經費之支持，特此感謝。

國家圖書館出版品預行編目 (CIP) 資料

APRENDE FÁCIL CHINO ACTUAL (1)
Chino Elemental 精彩漢語（一）/ 信世昌主編 . --
初版 . -- 臺北市：五南, 2016.09
　　面；　公分
　　ISBN 978-957-11-8433-3(平裝)

　　1. 漢語 2. 讀本

802.86　　　　　　　　　104026069

BREVE PRESENTACIÓN DE LOS AUTORES
編者簡介

Dra. HSIN, Shih-Chang

Dr. en Tecnología de Sistemas de Instrucción en la Universidad de Indiana (EEUU),USA.

Profesor del Instituto de Investigación sobre la enseñanza de chino de la Universidad Normal Nacional de Taiwán

Ha sido profesor invitado en el Departamento de Chino en la Universidad Liberal de Alemania y en la Universidad de Chulalongkorn, (Thailandia).

Líneas de investigación

La globalización de la lengua china, Enseñanza de la lengua china, Enseñanza de chino a distancia

信世昌

Ph.D. Instructional Systems Technology, Indiana University, USA

國立臺灣師範大學華語文教學研究所教授

曾任德國自由大學漢學系及泰國朱拉隆功大學 (Chulalongkorn University) 中文系 客座教授

研究專業 :

國際華語研究、華語教學設計、遠距教學、電腦輔助語言教學

Dra. LEE, Wang-Tang

Licenciado en la Universidad Complutense de Madrid (UCM)

Profesor en el Instituto de Traductores de la UCM

Jefe del Departamento de Chino en la Escuela Oficial de Idiomas de Madrid (Jesús Maestro).

Coordinador de Lengua China en la Universidad Internacional Menéndez Pelayo

Líneas de investigación

Gramática de chino para hispanohablantes, Lengua y cultura contrastivas chino-español

黎萬棠

馬德里康普大學翻譯學院教授

馬德里公立馬德里語言學院中文系系主任

西班牙孟南德茲畢拉約國際大學漢語教學召集人

研究專業 :

中國語文文法、中西語文及文化之比較

Dra. Consuelo Marco Martínez
Profesora Titular de Lengua, Literatura y Cultura Chinas (Filología UCM, España)
Directora del curso "China: lengua, cultura y sociedad" (UCM)
Coordinadora del Máster de Traducción Chino-Español (UCM)

Líneas de investigación y especialización:
lengua y cultura chinas, lengua y cultura contrastivas chino-español, la enseñanza del español a chinos, la enseñanza del chino a españoles, traducción chino español

馬康叔
Dra. Consuelo Marco Martínez
西班牙馬德里康普大學語言學院 中國語文、文學及文化教授
中國：語言，文化及社會研究班主任 (Universidad Complutense de Madrid (UCM))
馬德里大學翻譯學院西 - 中翻譯研究所中文部主任
專業研究：中、西語言文化之比較、中文及西文教學法研究、中、西文翻譯。

INDICE
目錄
（目录）

語法練習	綜合練習	文化
▲「你好」、「您好」、「老師好」 ▲「您貴姓」的用法和回答 ▲疑問詞「什麼」作定語的用法和回答 ▲「你（您）是哪國人」的用法和回答 ▲「是」、「不是」的用法 ▲「是…嗎」的用法和回答 ▲「N/PN+ 呢？」的用法和回答	◇ Cómo te llamas 你叫什麼名字 ◇ Cuál es su apellido 請問您貴姓 ◇ Quién soy yo 我是誰 ◇ Conocer a tus compañeros 認識你的同學 ◇ Datos lingüísticos reales 真實語料	SALUDOS expresiones lingüísticas y corporales 問候：語言表達與肢體表達
▲「你是…國＋哪裡人？」的用法和回答 ▲「代名詞（名詞）＋的＋名詞」的用法 ▲副詞「也」的用法 ▲「N(NP) ＋在哪裡？」的用法 ▲「…(沒) 有…」的用法 ▲數字（一～十）＋個＋ N ▲「SV 不 SV」和「很＋ SV」的用法	◇¿Dónde está tu casa? 你的家在哪裡？ ◇ Contestar a las preguntas 回答問題 ◇ Foto de familia 家人的合照 ◇ Nacionalidad 國籍 ◇ Datos lingüísticos reales 真實語料	LA POBLACIÓN CHINA 中國的人口
▲能願動詞「要」、「想」的用法 ▲「(不) 喜歡 VO」的用法 ▲「O ＋ N(NP) ＋ (V)」的用法 ▲連動式「去 / 來（＋地點）＋ VO」的用法 ▲副詞「都」的用法 ▲「因為…」、「所以…」、「因為…，所以…」的用法	◇ ¿Qué deporte te gusta hacer? 你平常喜歡做什麼運動？ ◇ ¿Qué te gusta hacer？你平常喜歡做什麼？ ◇ ¿Qué plan tenéis tu compañero o tu amigo y tú? 你和你的同學或朋友有什麼計畫？ ◇ Datos lingüísticos reales 真實語料	ACTIVIDADES DE OCIO 休閒活動

編輯前言

本教材是以實用性及溝通性為主，以學生最感興趣的日常生活為題材。熟練五項學習目標：閱讀理解、聆聽理解、口語表達與理解、寫作及綜合理解表達。其目的在於讓學生的學習過程中能快速達到交際溝通的能力。

壹、課本的編排

一、本教材專為西班牙語地區的大學中文課程所設計，適合一年級的漢語課使用。全書共8課。

二、本教材每課都包含了三個情境對話，會話場景分別是西班牙、台灣、中國大陸，讓學生能學得不同情境主題的實用漢語。

三、學生在學完本書，能習得約47個語法點或句型，在口語上可表達一般日常生活上的需求。

四、本教材每課的生詞分為「課文生詞」，「一般練習生詞」及「綜合練習生詞」。全書的課文生詞共540個；一般練習生詞（約120個），由老師決定可否要學；綜合練習生詞（約70個）是補充性質，供查詢之用，可以不教。

五、本教材每三課之後設計一個複習課，例如第四課是複習第一到第三課的內容，第八課是複習第五到第七課的內容，欲藉此鞏固學生的學習成效。

六、每課都包括閱讀練習、聽力練習和綜合練習，藉以加強語言技能。

七、本教材另出版多媒體互動練習光碟，每一課都有真人實景的錄影錄音，課文可做拼音與繁簡漢字的轉換，並有針對每課語法點及內容的互動式練習，包括語法、聽力、打字、閱讀等，學生可於課後自行在家練習，並能得到立即回饋。光碟中也附有漢字筆順，可輔助學生學習。

貳、每課的架構

每課的架構相同，均包括九個部份，說明如下：

一、每課重點

每課一開始先標出語法和溝通功能的學習重點，幫助學生在每課開始學習之前，有意識的準備學習。

二、課文

每課的課文均分為三個部份，分別在不同的場景，包括西班牙、台灣及中國上海。每個場景也有不同的主角：Part A是在西班牙學習西班牙語的中國學生王中平和學習漢學的西班牙學生胡安之間的交流活動；Part B是從西班牙到台灣學習漢語的西班牙學生立德，在台灣所遭遇的各種各樣的情況；Part C則是在上海工作的西班牙人李明和中國人張玲的種種工作會話。冀望學生能夠藉此了解台灣及中國大陸兩個華語地區在語言及生活上相同和相異之處。

三、生詞

　　除了拼音和西班牙語解釋以外，在兩岸詞彙不同之處也加註說明。每課的生詞量約在 50 個到 80 個之間。

四、語法解釋與練習

　　語法解釋採取漢語及西班牙語並列，讓學生能直接透過西班牙語了解語法點。語法解釋後附有練習，學生可以馬上檢核對該語法點的理解程度。

五、漢字說明

　　從中文造字原理開始介紹，之後以基本常見的部首為主，列舉出相關常用漢字，讓學生可以深刻了解漢字的字形及部件之關係，可強化學生對於漢字的認知。

六、聽力練習

　　聽力練習係根據每課內容及語法點編寫而成，可由教師於課堂指導學生完成，或留做課後複習之用，內容都存在本書的錄音上。

七、綜合練習

　　在綜合練習，透過大量的圖片、各式活動和小組的練習，訓練學生聽、說、讀和寫的技能，並強化當課的學習。

八、眞實語料

　　該部分提供兩岸眞實的語料情境，並利用語料設計了問答題，讓學生透過這材料了解兩岸實際的生活方式。

九、文化

　　每課透過不同的主題，從年輕人的角度出發，看中國及台灣的文化，其中部分單元也比較了兩岸的差異。

PREFACIO

0. Este material es de carácter eminentemente práctico y comunicativo, aplicado a las situaciones más frecuentes de la vida cotidiana. Se trabajan 5 destrezas: expresión escrita, comprensión escrita, expresión oral, comprensión oral e interacción de todas ellas. El objetivo es que el alumno adquiera, de la forma más rápida y eficaz posible, la competencia comunicativa en los distintos niveles dentro del proceso de aprendizaje.

I. Organización de los textos

I- Está diseñado especialmente para los cursos de chino en las universidades de habla hispana. Consta en total de 8 lecciones. Si calculamos 15 horas por semana para cada lección, se podrá utilizar durante un semestre. Si se trata de 6 u 8 horas por semana, se podrá emplear durante un año lectivo.

II. Todas las lecciones incluyen tres diálogos de situaciones frecuentes en la vida cotidiana. Las acciones transcurren en España, Taiwán y China Continental, respectivamente, lo que resulta muy completo y, a la vez, hace que el alumno pueda profundizar y buscar matices desde distintas perspectivas.

III. Al final del aprendizaje de este libro, el alumno podrá dominar 47 puntos y estructuras gramaticales, así como expresar y comprender oralmente los discursos y contextos más habituales de su día a día.

IV. El vocabulario nuevo de cada lección se divide en ¨palabras del texto¨, ¨palabras de los ejercicios¨ y ¨palabras de los ejercicios generales¨. Las palabras nuevas son 540 en total. Las palabras de los ejercicios son 120 aproximadamente, y los profesores pueden decidir si las enseñan todas o no; las de los ejercicios generales son adicionales (alrededor de 70) y sirven para consulta, de complemento, aunque no resultan imprescindibles. El profesor podrá tomar una decisión según las características y objetivos concretos del alumnado.

V. Para afianzar los contenidos, incorporamos un Repaso cada tres lecciones. Así, por ejemplo, la lección 4 es un repaso de las lecciones 1, 2 y 3, y la lección 8 es un repaso de las lecciones 5, 6 y 7.

VI. Cada lección cuenta con ejercicios de lectura, escritura, audición y expresión oral.

VII. Este libro incorpora un CD. Cada lección cuenta con una grabación de vídeo de acción en vivo. Se puede convertir el texto al pinyin, al chino simplificado y al chino tradicional. Además, posee ejercicios interactivos centrados en los contenidos gramaticales y comunicativos (orales y escritos) de cada lección. Los alumnos pueden practicar en casa y obtener una respuesta inmediatamente. En el CD también se especifica el orden de los caracteres chinos, para que los estudiantes no adquieran malos hábitos y puedan practicar ellos mismos.

II. ESTRUCTURA DE CADA LECCIÓN

Cada lección posee una estructura semejante, y consta de 9 partes:

I. Objetivos
Al inicio de cada lección se señalan los puntos clave, tanto gramaticales como comunicativos, para que el estudiante tome conciencia de los objetivos de aprendizaje de cada lección.

II. Textos
Los textos de cada lección se dividen en 3 partes, con situaciones que transcurren en España, Taiwán y Shanghai, y con diferentes protagonistas. La Parte A se refiere a las relaciones entre el alumno chino Wang Zhongping, que estudia español en España, y el alumno español Juan, que estudia chino. La Parte B trata sobre el alumno español Lide, que estudia chino en Taiwán. Y la Parte C se refiere a los diálogos de trabajo entre el español Li Ming, que trabaja en Shanghai, y una chica china llamada Zhang Ling. Pretendemos que los alumnos conozcan las similitudes y diferencias del idioma y de la vida en Taiwán y en China Continental.

III. Palabras nuevas
Además de la transcripción fonética pinyin y de la explicación en español, también se añaden las diferencias entre los caracteres simplificados de China Continental y los tradicionales de Taiwán. La cantidad de palabras nuevas en cada lección es entre 50 y 80.

IV. Explicación gramatical y ejercicios
Se explican los usos y estructuras gramaticales del chino y se contrastan con el español, para que el alumno tome conciencia y pueda prever errores. A continuación se ofrecen ejemplos claros e ilustrativos, y se proponen ejercicios para que el estudiante practique y lo interiorice.

V. Descripción de los caracteres chinos

Se explica detalladamente la estructura interna de los diferentes tipos de caracteres, distinguiendo los radicales de las partes fonéticas, para que el alumno aprenda a hacer asociaciones y combinaciones, lo que facilitará el reconocimiento y la escritura de los caracteres chinos.

VI. Audiciones

Los ejercicios de audición están basados en el contenido y la gramática de cada lección. El profesor podrá guiar a los alumnos en clase o mandarlos como deberes para casa. El contenido está en CD.

VII. Ejercicios generales

En los ejercicios generales se practica la capacidad de comprensión y expresión, tanto auditiva como lectora, a través de una gran cantidad de imágenes, actividades y ejercicios en grupo. Y, además, se sigue afianzando y enlazando los contenidos anteriores.

VIII. Datos lingüísticos reales

En esta parte se ofrecen datos reales de las llamadas "Dos orillas del Estrecho": China y Taiwán. Se formulan preguntas y se plantean comentarios.

IX Cultura

Recoge situaciones cotidianas de la "cultura" estándar de China Continental y de Taiwán, desde la perspectiva actual de los jóvenes Se formulan preguntas y se plantean comentarios, para que el alumno fomente también su capacidad de reflexión y contraste.

ABREVIATURAS
詞性簡表（词性简表）

Adv. = adverbio

CD = complemento directo

CI = complemento indirecto

Clas. = clasificador (o palabra medidora: Det+Clas.+N))

Compl. = complemento

Conj. = conjunción

Cov. = CV = coverbo

Det. = determinante

Exp. = experiencial (sufijo verbal)

Idiom .= expresión idiomática

L = lugar, expresión de lugar

Lit. = literalmente

N = nombre o sustantivo

Neg. = negación

Num. = numeral

O = oración

Part. = partícula

Per.V = perífrasis verbal

Pred .= predicado

Pref. = prefijo

Pron. = pronombre

PV = predicado verbal

Posp. = posposición (SN + posp.L)

SN = sintagma nominal

Suj. = sujeto

Suf. = sufijo

SV = sintagma verbal

T = tiempo, expresión de tiempo

VA = V.Aux. = verbo auxiliar

V.Cop. = VC = verbo copulativo

VE = verbo estativo

VI = verbo intransitivo

VO = verbo compuesto "verbo-objeto"

V.res. = Res. = verbo resultativo (V+V.res.)

VT = verbo transitivo

第一課 你好！（第一课 你好！）
¡Hola!

Objetivos de Aprendizaje 本課重點 （本课重点）

1 Saludar, conocer a los amigos, presentarse
打招呼 、認識朋友、介紹自己（打招呼 、认识朋友、介绍自己）

2 "¡Hola!", "¿Cómo te llamas?", "¿De qué país eres?"
你好、你叫什麼名字、你是哪國人（你好、你叫什么名字、你是哪国人）

3 Uso de "buenos días", "¿y tú?", "ser"
早、你呢、是不是的用法（早、你呢、是不是的用法）

4 Uso de "¿Cómo está usted?, ¿Cuál es su apellido?, partícula interrogativa 嗎 ma.
您好、您貴姓、嗎的用法（您好、您贵姓、吗的用法）

一、 Texto 課文（课文）🔊

Parte A ¡Buenos días! 早！（早！）

Situación: Wang Zhongping y Wang Qiang estudian español en España. Una mañana en el campus se encuentran a Juan, un estudiante español que estudia sinología.

情境介紹：王中平、王強在西班牙學西班牙文，早上在校園裡遇到一個學漢學的西班牙學生胡安。

（情境介紹：王中平、王强在西班牙学西班牙文，早上在校园里遇到一个学汉学的西班牙学生胡安。）

chino tradicional

胡安：早！你們好！

中平：你好！你叫什麼名字？

胡安：我叫胡安，你呢？

中平：我叫王中平，他叫王強，你姓什麼？

胡安：我姓胡。你們是不是中國人？

中平：是啊！我是北京人，他是上海人。

chino simplificado

胡安：早！你们好！

中平：你好！你叫什么名字？

胡安：我叫胡安，你呢？

中平：我叫王中平，他叫王强，你姓什么？

胡安：我姓胡。你们是不是中国人？

中平：是啊！我是北京人，他是上海人。

❓ Preguntas 問題（问题）

1. 中平是哪國人？（中平是哪国人？）

2. 胡安是哪國人？（胡安是哪国人？）

3. 中平姓什麼？（中平姓什么？）

Parte B ¡Hola! 你好！（你好！）

Situación: Lin Lide es un estudiante español que estudia chino en Taiwán.
Está hablando con el profesor en el aula.

情境介紹：林立德是一位從西班牙到台灣學中文的學生，在教室裡跟老師談話。

（情境介紹：林立德是一位从西班牙到台湾学中文的学生，在教室里跟老师谈话。）

立德：老師好！
老師：你好！你叫什麼名字？
立德：我叫林立德。
老師：你是哪國人？
立德：我是西班牙人。

立德：老師好！
老師：你好！你叫什么名字？
立德：我叫林立德。
老師：你是哪国人？
立德：我是西班牙人。

 Preguntas 問題（问题）

1. 立德姓什麼？（立德姓什么？）

2. 立德是哪國人？（立德是哪国人？）

3. 立德是不是老師？（立德是不是老师？）

Parte C ¿Cuál es su apellido? 您貴姓？（您贵姓？）

Situación: Li Ming es un hombre de negocios español, y Zhang Ling es un compañero de su empresa a quien acaba de conocer.

情境介紹：李明是在中國做生意的西班牙商人，張玲是初次見面的公司同事。

（情境介紹：李明是在中国做生意的西班牙商人，张玲是初次见面的公司同事。）

李明：您好！

張玲：您好！請問您貴姓？

李明：我姓李，您呢？

張玲：我姓張。您是法國人嗎？

李明：不是，我是西班牙人。您是哪國人？

張玲：我是中國上海人。

李明：您好！

张玲：您好！请问您贵姓？

李明：我姓李，您呢？

张玲：我姓张。您是法国人吗？

李明：不是，我是西班牙人。您是哪国人？

张玲：我是中国上海人。

 Preguntas 問題 （问题）

1. 李明是哪國人？（李明是哪国人？）

....

2. 張玲是法國人嗎？（张玲是法国人吗？）

....

3. 張玲姓什麼？（张玲姓什么？）

....

二、 Vocabulario 生詞（生词）◀))

（一）Vocabulario del texto 課文生詞（课文生词）

	漢字 Caracteres tradicionales	简体字 Caracteres simplificados	拼音（拼音） Pinyin	解釋（解释） Significado
1	啊	啊	a	Partícula exclamativa
2	北京	北京	Běijīng	Pekín, Beijing
3	不	不	bù	No
4	法國	法国	Fǎguó, Fàguó	Francia
5	方	方	fāng	Un apellido
6	貴姓	贵姓	guìxìng	Apellidarse, apellido (forma cortés)
7	好	好	hǎo	Estar bien
8	叫	叫	jiào	Llamarse
9	老師	老师	lǎoshī	Professor
10	李明	李明	Lǐ Míng	Ming LI
11	林立德	林立德	Lín Lìdé	Lide LIN
12	嗎	吗	ma	Partícula interrogativa
13	胡安	胡安	Hú Ān	Juan
14	名字	名字	míngzi	Nombre
15	哪國	哪国	nǎguó	Qué país
16	呢	呢	ne	Part. interrogativa enclítica: "¿Y + pron. / nb ?"
17	你	你	nǐ	Tú
18	你們	你们	nǐmen	Vosotros
19	您	您	nín	Usted
20	請問	请问	qǐngwèn	Disculpe/por favor + pregunta
21	人	人	rén	Hombre/persona
22	上海	上海	Shànghǎi	Shanghai
23	什麼	什么	shénme	Qué/cuál
24	是	是	shì	Ser
25	他	他	tā	Él

26	她	她	tā	Ella
27	王強	王强	Wáng Qiáng	Qiang WANG
28	王中平	王中平	Wáng Zhōngpíng	Zhongping WANG
29	問	问	wèn	Preguntar
30	我	我	wǒ	Yo
31	西班牙	西班牙	Xībānyá	España
32	姓	姓	xìng	Apellidarse, apellido
33	早	早	zǎo	Pronto, temprano; buenos días
34	張玲	张玲	Zhāng Líng	Ling ZHANG
35	中國	中国	Zhōngguó	China

（二）Vocabulario de los ejercicios 一般練習生詞　（一般练习生词）

	漢字 Caracteres tradicionales	简体字 Caracteres simplificados	拼音（拼音） Pinyin	解釋 （解释） Significado
1	詞	词	cí	Palabra
2	阿根廷	阿根廷	Āgēntíng	Argentina
3	德國	德国	Déguó	Alemania
4	第一課	第一课	dì yī kè	Lección 1
5	段	段	duàn	Párrafo
6	漢字	汉字	Hànzì	Carácter chino
7	解釋	解释	jiěshì	Explicar, explicación
8	課	课	kè	Lección
9	課文	课文	kèwén	Texto
10	練習	练习	liànxí	Practicar, ejercicio
11	例子	例子	lìzi	Ejemplo
12	美國	美国	Měiguó	Estados Unidos
13	墨西哥	墨西哥	Mòxīgē	México
14	拼音	拼音	Pīnyīn	Pinyin (transcripción fonética)
15	日本	日本	Rìběn	Japón
16	商人	商人	shāngrén	Hombre de negocios

17	生詞	生词	shēngcí	Palabras nuevas, vocabulario
18	臺灣	台湾	Táiwān	Taiwán (Formosa)
19	聽力	听力	tīnglì	Audición
20	晚	晚	wǎn	Ser tarde
21	晚上	晚上	wǎnshang	Noche, por la noche
22	香	香	xiāng	fragante, sabroso
23	香港	香港	Xiānggǎng	Xianggang (Hongkong)
24	新加坡	新加坡	Xīnjiāpō	Singapur
25	學	学	xué	Estudiar, aprender
26	學生	学生	xuéshēng	Alumno, estudiante
27	英國	英国	Yīngguó	Inglaterra, Reino Unido
28	語法	语法	yǔfǎ	Gramática
29	早上	早上	zǎoshang	Mañana, por la mañana

三、 Ejercicios de Gramática 語法練習（语法练习）

Hola
「你好」、「您好」、「老師好」
（「你好」、「您好」、「老师好」）

"Nǐhǎo" 你好 es la forma más frecuente para saludar. Se puede utilizar indiferentemente en todos los momentos del día. Cuando queramos mostrar un mayor respeto hacia una persona mayor o de mayor posición social, se preferirá "nínhǎo" 您好, con el pronombre personal de cortesía "nín" 您 (usted).

「你好」是漢語中常用的打招呼用語，在早上、中午、下午、晚上都可以使用。如果是向長輩或尊敬的人打招呼，常使用「您好」。打招呼的方式如下：

（「你好」是汉语中常用的打招呼用语，在早上、中午、下午、晚上都可以使用。如果是向长辈或尊敬的人打招呼，常使用「您好」。打招呼的方式如下：）

Sustantivo / pronombre		好
你（們）	你（们）	
您	您	
老師（們）	老师（们）	好（好）
同學（們）	同学（们）	

時間（时间）	臺灣（**台湾**）	中國（**中国**）
Por la mañana	早（早）	早上好（早上好）
	早安（早安）	
A media mañana	午安（午安）	
Por la tarde /noche	晚安（晚安）	

註1 「早上好」在中國現在多使用於正式場合，如新聞播報、演講，一般日常生活的問候，如在早上，也說「早」。（「早上好」在中国现在多使用于正式场合，如新闻播报、演讲，一般日常生活的问候，如在早上，也说「早」。）

註2 「午安」的使用頻率較低，除了早上的問候說「早」或「早安」外，其他時間常說「你好」，朋友之間常說英文的„hi"、„hello"。（「午安」的使用频率较低，除了早上的问候说「早」或「早安」外，其他时间常说「你好」，朋友之间常说英文的„hi"、„hello"。）

註3 Buenas noches¡「晚安」！（「晚安」!）

Práctica: Señala la respuesta correcta.
試試看：把正確的圈起來（试试看：把正确的圈起来）

Ejemplo 例（例）：

（李明）→ 張玲，（　你們好　您好　）！

（李明）→ 张玲，（　你们好　您好　）！

1.（立德）→ 老師，（　您好　你好　）！

　（立德）→ 老师，（　您好　你好　）！

2.（胡安）→ 中平，（　您好　你好　）！

　（胡安）→ 中平，（　您好　你好　）！

3.（老師）→ 同學們，（　你們好　你好　）！

　（老师）→ 同学们，（　你们好　你好　）！

II El término "Nín guìxìng ?" literalmente significa "¿cuál es su honorable apellido?"

「您貴姓」的用法和回答 (「您贵姓」的用法和回答)

Para preguntar a alguien por su apellido se utiliza, según el interlocutor, "nǐ xìng shénme?" 你姓什麼 ? o "nín guìxìng?" 您貴姓 ?. La segunda forma es mucho más respetuosa que la primera. En la frase interrogativa "nǐxìng shénme?" 你姓什麼 ?, "shénme" es un pronombre interrogativo.

「您貴姓」是一種客氣的問法，一般的問法是「你姓什麼」。其中「什麼」是疑問詞。

(「您贵姓」是一 种客气的问法，一般的问法是「你姓什么」。其中「什么」是疑问词。)

A: 您貴姓？
你姓什麼？

您貴姓 ?
你姓什么 ?

B: 我姓林
我姓王
我姓方
我姓李
我姓張

我姓林
我姓王
我姓方
我姓李
我姓张

Nota: En chino, al contrario que en español, se coloca primero el apellido y, a continuación, el nombre.

P.ej. Lin (apellido) Lide (nombre). En español sería Lide Lin.

補充：漢語中，人名是由「姓＋名」組成的。例如：林（姓）立德（名）。

(补充：汉语中，人名是由「姓＋名」组成的。例如：林（姓）立德（名）。)

Práctica: Señala la respuesta correcta.

試試看：把正確的圈起來 (试试看：把正确的圈起来)

Ejemplo 例（例）：

（李明問張玲）→ A：(您貴姓 你姓什麼) ? B：我姓張

（李明问张玲）→ A：(您贵姓 你姓什么) ? B：我姓张

1.（老師問林立德）→ A：(您貴姓 你姓什麼) ? B：我姓林。

（老师问林立德）→ A：(您贵姓 你姓什么) ? B：我姓林。

2.（王中平問胡安）→ A：（ 您貴姓　你姓什麼 ）？ B：我姓胡。

（王中平问胡安）→ A：（ 您贵姓　你姓什么 ）？ B：我姓胡。

3.（林立德問老師）→ A：（ 您貴姓　你姓什麼 ）？ B：我姓王。

（林立德问老师）→ A：（ 您贵姓　你姓什么 ）？ B：我姓王。

4.（你問同學）→ A：（ 您貴姓　你姓什麼 ）？ B：我姓　　　　。

（你问同学）→ A：（ 您贵姓　你姓什么 ）？ B：我姓　　　　。

5.（你問老師）→ A：（ 您貴姓　你姓什麼 ）？ B：我姓　　　　。

（你问老师）→ A：（ 您贵姓　你姓什么 ）？ B：我姓　　　　。

Uso de la partícula interrogativa " Shénme ? "
疑問詞「什麼」作定語的用法和回答
疑问词「什么」作定语的用法和回答

Para preguntar a alguien por su apellido, se puede, según el interlocutor, utilizar "nǐ xìng shénme?" 你姓什麼 ?o "nín guìxìng?" 您貴姓？. La segunda forma es mucho más respetuosa que la primera. En la frase interrogativa "nǐxìng shénme" 你姓什麼 , "shénme" 什麼 es un pronombre interrogativo.

En la frase "Nǐ jiào shénme míngzi?" 你叫什麼名字？la partícula interrogativa "shénme" 什麼 se sitúa delante del sustantivo y significa ´cuál` (lit. ´¿tú llamar cuál nombre?`). El interlocutor puede responder dando su apellido y su nombre o solamente su nombre.

當詢問一個人的姓氏時，可根據對話者的身份，使用"你姓什麼"或"您姓什麼"。第二種方式比第一種方式更顯尊重。在疑問句"你姓什麼"中，"什麼"是疑問代詞。

在"你叫什麼"這句話中，疑問詞"什麼"位於名詞前，意思為"cuál"。對話者可以回答其姓名或只回答其名字。

（当询问一个人的姓氏时，可根据对话者的身份，使用"你姓什么"或"您姓什么"。第二种方式比第一种方式更显尊重。在疑问句"你姓什么"中，"什么"是疑问代词。

在"你叫什么"这句话中，疑问词"什么"位于名词前，意思为"cuál"。对话者可以回答其姓名或只回答其名字。）

A: 你叫什麼名字？

你叫什么名字？

B: 我叫（林）立德
我叫（王）中平
我叫胡安
我叫李明
我叫張玲

我叫（林）立德
我叫（王）中平
我叫胡安
我叫李明
我叫张玲

Práctica: Crea una frase o una pregunta utilizando sólo las palabras propuestas.

試試看：請寫出正確的句子　（試試看：请写出正确的句子）

Ejemplo 例（例）：

你叫什麼名字？ B：/ 林 / 我 / 立德 / 叫 。

（你叫什么名字？ B：/ 林 / 我 / 立德 / 叫 。）

1. A：名字 / 叫 / 你 / 什麼？ B：我叫胡安。

（A：名字 / 叫 / 你 / 什么？ B：我叫胡安。）

→ 　　　　　　　　　　　　　　　　　　　　　　　。

2. A：你叫什麼名字？ B： 叫 / 玲 / 張 / 我 。

（A：你叫什么名字？ B： 叫 / 玲 / 张 / 我 。）

→ 　　　　　　　　　　　　　　　　　　　　　　　。

3. A：你叫什麼名字？ B 中平 / 叫 / 我 / 王 。

（A：你叫什么名字？ B 中平 / 叫 / 我 / 王 。）

→

4. A：他叫什麼名字？ B：他 / 美 / 王 / 叫 。

　　（A：他叫什么名字？ B：他 / 美 / 王 / 叫 。）

→ _____ 。

5. A：什麼 / 叫 / 他 / 名字？ B：他叫李明。

　　（A：什么 / 叫 / 他 / 名字？ B：他叫李明。）

→ _____

IV Uso del término " Nǐ(Nín) shì nǎn guó rén ? "
「你（您）是哪國人」的用法和回答
（「你（您）是哪国人」的用法和回答）

　　La partícula interrogativa "nǎ" 哪 se sitúa delante del nombre y significa ´cuál` o ´qué`. Se utiliza para hacer una selección dentro de una clase dererminada (semejante a "which" del inglés). En "nǎ guó rén"哪國人 se sitúa delante de "guó" 國 (país) y va seguido de "rén" 人 (hombre/persona). "Nǎ guó rén" 哪國人, por tanto, literalmente significa ´persona de qué país`. El conjunto, "Nǐ (Nín) shì nǎ guó rén ?" 你（您）是哪國人?, sirve para preguntar por la nacionalidad de nuestro interlocutor y se traduce por "¿de qué país eres (/ es usted)?"

　　「哪」是疑問詞，可以放在名詞之前作定語，表示疑問，例如：「哪國」。回答時常用：「國名＋人」。「您」是一種客氣的問法，一般使用「你」來問。

　　（「哪」是疑问词，可以放在名词之前作定语，表示疑问，例如：「哪国」。回答时常用：（「国名＋人」。「您」是一种客气的问法，一般使用「你」来问。）

A：
你是哪國人？
您是哪國人？

你是哪国人？
您是哪国人？

B：
我是西班牙人
我是中國人
我是日本人
我是法國人

我是西班牙人
我是中國人
我是日本人
我是法国人

Nota: Naciones y regiones
補充：國家與地區
（补充：国家与地区）

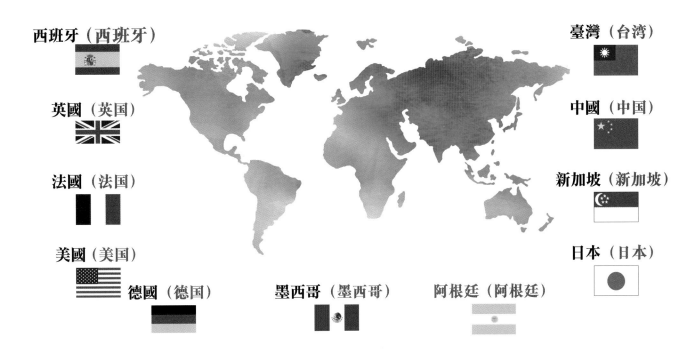

西班牙（西班牙）

英國（英国）

法國（法国）

美國（美国）

德國（德国）

墨西哥（墨西哥）

阿根廷（阿根廷）

臺灣（台湾）

中國（中国）

新加坡（新加坡）

日本（日本）

Práctica: Completa el siguiente diálogo.
試試看：請完成下面的對話（试试看：请完成下面的对话）

Ejemplo 例（例）：

A：你是哪國人？（你是哪国人？）→ B：我是臺灣人。（我是台湾人。）

1. A：你是哪國人？（你是哪国人？）→ B：

2. A：您是哪國人？（您是哪国人？）→ B：

3. A：　　　　　　　　　？ → B：我是中國人。（我是中国人。）

4. A：他是哪國人？（他是哪国人？）→ B：

5. A：　　　　　　　　　？
 → B：他是美國人。（他是美国人。）

Ⅴ Uso de " Shì, " " búshì "
「是」、「不是」的用法 （「是」、「不是」的用法 ）

El verbo copulativo "shì" 是 (ser) expresa identidad o equivalencia entre nombres y/o pronombres (sintagmas nominales).

En forma negativa, la negación "bù" 不 se sitúa delante del verbo copulativo "shì" 是 .

La forma interrogativa correspondiente es "shìbúshi" 是不是 .

Se responde con "shì" 是 o "búshì" 不是

漢語的「是」是動詞，可以放在兩個意義對等的名詞、代名詞或名詞片語之間。否定形式是在「是」前面加上「不」。疑問句可用「是不是」，回答為「是」或「不是」。

（汉语的「是」是动词，可以放在两个意义对等的名词、代名词或名词片语之间。否定形式是在「是」前面加上「不」。疑问句可用「是不是」，回答为「是」或「不是」。）

…是…	我是老師。 立德是西班牙人。 王中平是學生。 張玲是日本人嗎？	我是老师。 立德是西班牙人。 王中平是学生。 张玲是日本人吗？
…不是…	我不是老師。 立德不是中國人。 王中平不是學生。 張玲不是日本人嗎？	我不是老师。 立德不是中国人。 王中平不是学生。 张玲不是日本人吗？
…是不是…	你是不是老師？ 立德是不是中國人？ 王中平是不是學生？ 張玲是不是日本人？	你是不是老师？ 立德是不是中国人？ 王中平是不是学生？ 张玲是不是日本人？

Práctica: Traduce las frases al chino.
試試看：請翻譯成漢語 （试试看：请翻译成汉语）

Ejemplo 例（例）：

¿Es usted chino? 您是不是中國人？ （您是不是中国人？）

1. Yo soy español.

2. Él no es Ling Zhang.

3. ¿Es usted shanghainés ?

4. ¿Es usted japonés?

5. Yo soy profesor.

VI Uso de "Shì 是… ma 嗎 ?"
「是…嗎」的用法和回答 （「是…吗」的用法和回答）

"Ma" 嗎 es una partícula interrogativa que modifica a la oración entera, y no solamente al verbo. Se coloca siempre al final. La respuesta puede ser sólo afirmativa o negativa (sí o no).

En una frase con el verbo "shì" 是 como verbo principal, la respuesta afirmativa es "shì" 是 (sí), y la negativa admite dos formas, según se repita o no el verbo: "bù" 不 (no) o "búshì" 不是 (no).

由「是」構成的句子，改成疑問形式是在句尾加上「嗎」。回答時有肯定和否定兩種型式。

（由「是」构成的句子，改成疑问形式是在句尾加上「吗」。回答时有肯定和否定两种型式。）

A: 你是法國人嗎？ B: 是，我是法國人。 　不（是），我是德國人。	A: 你是法国人吗？ B: 是，我是法国人。 　不（是），我是德国人。
A: 您是中國人嗎？ B: 是，我是中國人。 　不（是），我是日本人。	A: 您是中国人吗？ B: 是，我是中国人。 　不（是），我是日本人。

Práctica: Completa el siguiente diálogo.
試試看：請完成下面的對話（試試看：请完成下面的对话）

Ejemplo 例（例）：

立德是法國人嗎？（西班牙）→ 不是，立德是西班牙人。

（立德是法国人吗？（西班牙）→ 不是，立德是西班牙人。）

1.A：老師是臺灣人嗎？（臺灣）→ B：

 （A：老师是台湾人吗？（台湾）→ B： ）

2. A：李明 ？（中國）→ B：不是，李明是西班牙人。

 （A：李明 ？（中国）→ B：不是，李明是西班牙人。）

3. A：你是法國人嗎？（日本）→ B：

 （A：你是法国人吗？（日本）→ B： ）

4. A：他是王中平嗎？（李明）→ B：

 （A：他是王中平吗？（李明）→ B： ）

5. A： ？→ B：我不是老師，我是學生。

 （A： ？→ B：我不是老师，我是学生。）

VII Uso de "Nombre o Pronombre ＋呢"？
La partícula interrogativa "ne" 呢
「N/PN+ 呢？」 的用法和回答
（「N/PN+ 呢？」 的用法和回答）

1. La partícula interrogativa "ne" 呢 aparece a continuación de un nombre o un pronombre.
   Se utiliza para evitar repetir algo acabado de mencionar, una información que, por el contexto lingüístico, ya ha quedado clara. Es el equivalente en español de « ¿y + nombre / pronombre personal? ». P. ej. 我很好，你呢？("wo hen hao, ni ne?") = Yo estoy muy bien. ¿Y tú？(se sobreentiende "¿y tú también estás bien?"). .
   疑問詞 "呢" 位於名詞或代詞後面。 使用 "呢" 是為了避免重複上文已經明確提出的內容。在西班牙語中為《¿y+nombre/pronombre》例如《Yo estoy muy bien. ¿Y tú?》（意思為《你呢，你怎麼樣？》）
   疑问词 "呢" 位于名词或代词后面。 使用 "呢" 是为了避免重复上文已经明确提出的内容。在西班牙语中为《¿y+nombre/pronombre》例如《Yo estoy muy bien. ¿Y tú?》（意思为《你呢，你怎么样？》）

A:

我是中國人，你呢？
我叫胡安，你呢？
我姓張，你呢？

我是中国人，你呢？
我叫胡安，你呢？
我姓张，你呢？

B:

我是西班牙人。
我叫王中平。
我姓李。

我是西班牙人。
我叫王中平。
我姓李。

Práctica: Relaciona las frases de las dos columnas.

試試看：把相關的句子連起來 （試試看：把相关的句子连起来）

A：我是老師，你呢？　　　　●　　　　●B：我姓王，他姓白。
　（我是老师，你呢？）　　　　　　　　　（我姓王，他姓白。）

A：我姓方，你們呢？　　　●　　　　●B：我是日本人。
　（我姓方，你们呢？）　　　　　　　　　（我是日本人。）

A：我是法國人，你呢？　　●　　　　●B：我叫李明。
　（我是法国人，你呢？）　　　　　　　　（我叫李明。）

A：我叫林立德，你呢？　　●　　　　●B：我是學生。
　（我叫林立德，你呢？）　　　　　　　　（我是学生。）

A：我是北京人，你呢？　　●　　　　●B：我是張玲。
　（我是北京人，你呢？）　　　　　　　　（我是张玲。）

A：我是李明，你呢？　　　●　　　　●B：我是上海人。
　（我是李明，你呢？）　　　　　　　　　（我是上海人。）

四、 Descripción de los caracteres chinos
漢字說明（汉字说明）

¿En qué caracteres de la lección aparecen los siguientes radicales? Escribe los caracteres correspondientes, así como el pinyin.

以下偏旁在本課的哪些漢字裡出現？請寫下對應漢字以及其拼音
以下偏旁在本课的哪些汉字里出现？请写下对应汉字以及其拼音

1	2	3	4	5	6	7	8	9	10
女	人亻	口	戈	心忄	門	宀	子	水氵	日
(nǚ)	*(rén)*	*(kǒu)*	*(gē)*	*(xīn)*	*(mén)*	*(mián)*	*(zǐ)*	*(shuǐ)*	*(rì)*

Escribe un carácter en su forma primitiva que contenga los siguientes radicales

請寫下每個漢字對應的偏旁／漢字

（请写下每个汉字对应的偏旁／汉字）

日 ☐   女 ☐   心 ☐   人 ☐   門 ☐

戈 ☐   女 ☐   宀 ☐   水 ☐   子 ☐

 Escribe el carácter correspodiente en cada descripción, así como su pinyin.

請寫出下列描述對應的漢字及其拼音

（请写出下列描述对应的汉字及其拼音）

Mujer ☐
Mujer de la antigüedad de rodillas, con los brazos cruzados sobre su pecho.
女，兩腿交叉，兩手交叉
（女，两腿交叉，两手交叉）

Corazón, espíritu ☐
Por ecima se dibujan dos aurículas y, por debajo dos ventrículos.
心，上面畫兩個心房，下面畫兩個心室。
（心，上面画两个心房，下面画两个心室。）

Puerta ☐
Los dos marcos de una puerta
門，一個門上兩個門框
（门，一个门上两个门框）

Alabarda ☐
Una gran hacha
戟，一個大斧頭
（戟，一个大斧头）

Boca
Una boca abierta
口，一個張大的嘴巴
（口，一个张大的嘴巴）

Agua
El agua corriente
水，流動的水
（水，流动的水）

Techo
屋頂
（屋顶）

Hombre, ser humano
Una persona de pie, vista de perfil.
人，形態上有兩條腿
（人，形态上有两条腿）

Niño
Un bebé envuelto en pañales
孩子，包裹在襁褓中的嬰兒
（孩子，包裹在襁褓中的嬰儿）

Sol
El cículo solar. La línea del medio corresponde a las manchas solares o a un animal legendario.
日，圓圓的太陽。中間一橫對應太陽上的光斑或者一個神獸。
（日，圓圓的太阳。中间一橫对应太阳上的光斑或者一个神兽。）

Práctica: ¿Qué caracteres tienen los siguientes trazos?

IV 試試看：哪些漢字使用下面的筆劃？
（試試看：哪些漢字使用下面的笔划？）

Caracteres de 2 trazos

Caracteres de 4 trazos

Caracteres de 3 trazos

Caracteres de 8 trazos

Práctica: Encuentra la parte común de cada serie de caracteres y escríbela en la casilla de la izquierda

試試看：請在左邊寫下漢字共同的成分

（試試看：请在左边写下汉字共同的成分）

	休 何 做 例 健

	怕 念 認 快 懂

	關 閉 問 闊 閛

	妒 婚 如 要 妻

	淡 沒 漂 清 注

	學 孩 孫 享 孝

	威 成 戲 戒 划

	安 寄 家 客 富

	知 味 吃 喉 吻

	時 春 景 旭 晚

Práctica: Busca en el diccionario los siguientes caracteres. Indica el pinyin y su significado en español.

試試看：請用字典查下面的漢字的意思並寫下它們的拼音以及西班牙文的意思。

（試試看：请用字典查下面的汉字的意思并写下它们的拼音以及西班牙文的意思。）

品	

存	

忙	

或	

江	

開	

姑	

完	

化	

明	

VII **Práctica: Une los caracteres tradicionales con los caracteres simplificados correspondientes.**

試試看：把簡體字和繁體字連起來。

（试试看：把简体字和繁体字连起来。）

門 •　　　　• 国
馬 •　　　　• 师
國 •　　　　• 张
師 •　　　　• 马
張 •　　　　• 汉
漢 •　　　　• 门

五、Audición 聽力練習（听力练习）◀))

I. Escucha el diálogo. ¿Qué has entendido?

II. Escucha el diálogo otra vez. Esta vez el diálogo se divide en tres partes. Selecciona la respuesta correcta según el contenido

試試看：

I. 請聽一段對話，試試看，你聽到什麼。

II. 請再聽一次對話。這次對話將分成三段播放，請根據每段話內容，選出正確的答案。

（试试看：

I. 请听一段对话，试试看，你听到什么。

II. 请再听一次对话。这次对话将分成三段播放，请根据每段话内容，选出正确的答案。）

Parte1 第一段 （第一段）

1. 立德姓什麼？　　a) 他姓方 b) 他姓李 c) 他姓林

　（立德姓什么？　　a) 他姓方 b) 他姓李 c) 他姓林）

2. 克平姓什麼？ a) 他姓方 b) 他姓王 c) 他姓林

（克平姓什么？ a) 他姓方 b) 他姓王 c) 他姓林）

Parte2 第二段 （第二段）

3. 立德是哪國人？ a) 他是法國人 b) 他是西班牙人 c) 他是日本人

（立德是哪国人？ a) 他是法国人 b) 他是西班牙人 c) 他是日本人）

4. 克平是哪國人？ a) 他是日本人 b) 他是台灣人 c) 他是中國人

（克平是哪国人？ a) 他是日本人 b) 他是台湾人 c) 他是中国人）

Parte3 第三段 （第三段）

5. 克平是老師嗎？ a) 他是老師 b) 他不是老師 c) 他是日本老師

（克平是老师吗？ a) 他是老师 b) 他不是老师 c) 他是日本老师）

六、Ejercicios de pronunciación
發音練習（发音练习）

Lee las frases prestando atención al tono de cada carácter.
讀下面幾句話，注意每個漢字的音調。

（读下面几句话，注意每个汉字的音调。）

她	我	我	請
她是	我叫	我是	請問
她是日	我叫林	我是法	請問您
她是日本	我叫林立	我是法國	請問您貴
她是日本人	我叫林立德	我是法國人	請問您貴姓？

她	我	我	请
她是	我叫	我是	请问
她是日	我叫林	我是法	请问您
她是日本	我叫林立	我是法国	请问您贵
她是日本人	我叫林立德	我是法国人	请问您贵姓？

II Lee en voz alta las siguientes frases en español. Especifica con el uso de una flecha su entonación. Escucha la frase equivalente en chino. ¿Poseen la misma entonación ?

用西語大聲朗讀以下句子，並用箭頭標出其聲調。請聽中文朗讀以下句子，中文的音調和西文的音調一樣嗎？

（用西语大声朗读以下句子，并用箭头标出其声调。请听中文朗读以下句子，中文的音调和西文的音调一样吗？）

¿Eres francés?	你是法國人嗎？	（你是法国人吗？）
¿Es usted profesor?	你是不是老師？	（你是不是老师？）
¿Cómo te llamas?	你叫什麼名字？	（你叫什么名字？）
¿Eres japonés?	你是日本人嗎？	（你是日本人吗？）
Yo soy alemán, ¿y tú?	我是德國人，你呢？	（我是德国人，你呢？）

七、 Ejercicios de combinación
綜合練習（综合练习）

Vocabulario de los ejercicios 綜合練習生詞（综合练习生词）

	漢字 Caracteres tradicionales	簡体字 Caracteres simplificados	拼音（拼音） Pinyin	解釋（解释） Significado
1	國籍	国籍	guójí	(n)nacionalidad
2	同學	同学	tóngxué	(n)compañero de clase
3	職業	职业	zhíyè	(n)profesion
4	綜合	综合	zònghé	(n)síntesis

I Saluda a tres compañeros y pregúntales su nombre, apellidos y su nacionalidad utilizando las expresiones de la tabla.

請以表格中的句子，向三位同學問候，並詢問姓名與國籍。

（请以表格中的句子，向三位同学问候，并询问姓名与国籍。）

早，我叫…，
你叫什麼名字？
你是哪國人？

我叫…
我是…

早，我叫…，
你叫什么名字？
你是哪国人？

我叫…
我是…

II Saluda a tres compañeros y pregúntales su nombre, apellidos y su nacionalidad utilizando las expresiones de la tabla.
請以表格中的句子，向三位同學問候，並詢問姓名與國籍。
（请以表格中的句子，向三位同学问候，并询问姓名与国籍。）

您好！，我叫…。
請問您貴姓？
您是哪國人？

我姓…，叫…。
我是…。

您好！，我叫…。
请问您贵姓？
您是哪国人？

我姓…，叫…。
我是…。

III

El estudiante A le hará al estudiante B las preguntas propuestas a continuación y escribirá las respuestas del estudiante B. El estudiante B elegirá una de las identidades de los recuadros para responder.

請根據方格中的句子，詢問 B，B 任選 1-4 回答後，A 再填寫答案。（请根据方格中的句子，询问 B，B 任选 1-4 回答后，A 再填写答案。）

A：你叫什麼名字？　　B：我叫 …

（A：你叫什么名字？　B：我叫 …）

A：是哪國人？　　　　B：我是 …

（A：是哪国人？　　　B：我是 …）

A：你是老師嗎？　　　B：我…

（A：你是老师吗？　　　B：我…）

---

① 名字：方人美
國籍：🇺🇸

職業：老師

② 名字：林立德
國籍：🇪🇸

職業：學生

③ 名字：張玲
國籍：🇬🇧

職業：老師

④ 名字：李明明
國籍：🇯🇵

職業：商人

¿Ya has conocido a tus compañeros? Utiliza la expresión "Nǐ Shì búshì" 你是不是 para comprobar si lo que conoces es cierto. Si no lo es, pregúntale a otro utilizando la expresión "Nǐ ne? 你呢"

你已經認識了你的同學了嗎？請用「你是不是」問五個同學。如果不是，請用「你呢」發問。（你已经认识了你的同学了吗？请用「你是不是」问五个同学。如果不是，请用「你呢」发问。）

你是不是＿＿＿＿（名字）？
你是不是＿＿＿＿（國籍）？
你是不是＿＿＿＿（職業）？
你是不是＿＿＿＿人（馬德里人）？
我叫＿＿＿＿（名字），你呢？
我是＿＿＿＿（國籍），你呢？
我是＿＿＿＿（職業），你呢？
我是＿＿＿＿人（馬德里人），
你呢？

是。
不是。
…。
…。

你是不是＿＿＿＿（名字）？
你是不是＿＿＿＿（国籍）？
你是不是＿＿＿＿（职业）？
你是不是＿＿＿＿人（马德里人）？

我叫＿＿＿＿（名字），你呢？
我是＿＿＿＿（国籍），你呢？
我是＿＿＿＿（职业），你呢？
我是＿＿＿＿人（马德里人），
你呢？

是。
不是。
…。
…。

Mira el pasaporte y responde: ¿Cómo se apellida la persona de la foto? ¿Cómo se llama? ¿De dónde es?

根據以下的護照，照片中的人姓什麼？叫什麼？是哪國人？

（根據以下的护照，照片中的人姓什么？叫什么？是哪国人？）

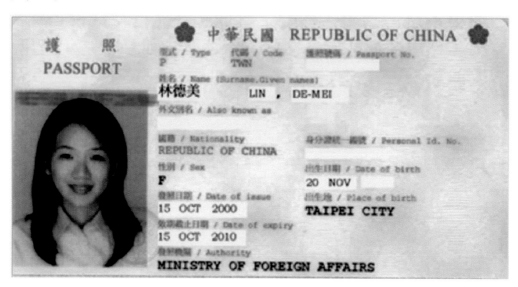

八、 Comprendiendo la cultura
從文化出發（从文化出发）

¿Cómo se dice hola？如何打招呼（如何打招呼）

Observa las imágenes y describa los interlocutores. Imagina sus relaciones y cómo se saludan. ¿Qué dicen？

Relación profesional

Jóvenes

En la facultad (profesor-alumno)

En casa

Entre vecinos

¿Qué se dice ?

老師好（老师好）	lǎoshī hǎo	Hola
Hey	--	Hola
Hello / hallo	--	Hola
要去接小孩啊？（要去接小孩啊？）	yào qù jiē xiǎohái ?	¿Vais a buscar a vuestros hijos al colegio ?
你回來了（你回来了）	nǐ huílái le	¡Ya has vuelto !
No se dice nada	--	--

DE COMPRAS
問候：語言表達與肢體表達（问候：语言表达与肢体表达）

Aprender expresiones de saludo es siempre el primer paso para empezar a relacionarnos en un nuevo idioma.

La forma de saludo más típica es "nihao!" 你好！（¡hola!）. Con desconocidos o en contextos más formales se utiliza "Nín hǎo!" 您好！, sustituyendo "你" (tú) por "您" (usted) para mostrar más respeto.

En la generación de los padres y abuelos se suelen escuchar frases como "Nǐ chīfàn le ma?" ("chī le ma?") 你吃飯了嗎？（你吃饭了吗？), que significa ´¿has comido ya?`, o "qù nǎr?" 去哪兒？, literalmente ¿adónde vas?`. Entre las mujeres se escucha también, con mucha frecuencia, "mǎicài ma?"買菜嗎?, (´¿vas de compras?`). Estas expresiones pueden causar injustamente irritación a un occidental, pero se trata de un malentendido que adquiere sentido dentro del contexto lingüístico y sociocultural del que forman parte. Funcionan como expresiones hechas, lexicalizadas, de contacto y saludo, y no deben inducirnos a pensar que quieren entrometerse en nuestra vida personal, saber dónde vamos ni invitarnos a comer. Los extranjeros que estudian chino han de tomar conciencia de ello, y no responder partiendo de su sentido literal. Existen numerosos chistes y anécdotas sobre ello.

Entre los jóvenes las expresiones cotidianas están muy occidentalizadas y se suelen saludar diciendo "hi" o "hello" en inglés. También existe la posibilidad que la gente pregunte "Nǐ zěnmeyàng?" 你怎麼樣?, como "how are you?" del inglés o "¿qué tal?" del español.

Generalizando, tanto en chino como en español, en un registro familiar y coloquial se utiliza "ni" 你 (tú), y en registros formales "nín" 您 (usted) para marcar un cierto distanciamiento o cortesía por ser nuestro interlocutor de mayor edad o posición social. Ahora bien, el uso de tú ("ni") y usted ("nín") no siempre coincide en chino y en español. Por ejemplo, una buena parte de los profesores universitarios españoles (especialmente los más jóvenes, pero no sólo ellos) aceptan de buen grado que los alumnos les tuteen. Este tipo de tratamiento resultaría inapropiado en la lengua y la cultura chinas.

En cuanto a las expresiones corporales, normalmente una ligera inclinación con la cabeza se puede aplicar en la mayoría de las situaciones y suele ser la forma más utilizada. En algunas ocasiones más formales o cuando se conocen por primera vez, el apretón de manos también es una manera aceptada. La reverencia tradicional, desde los hombros hacia la cintura, cada vez se utiliza menos (se mantiene más en Taiwán que en el continente), pero en algunos restaurantes, hoteles, exposiciones o conferencias, los recepcionistas la hacen para dar la bienvenida y mostrar respeto. Los amigos jóvenes se saludan normalmente agitando las manos.

Los chinos apenas tienen contacto físico, frente a los españoles, que dan besos, abrazos y palmaditas en la espalda. Los chinos tampoco miran fijamente a los ojos durante un tiempo prolongado, pues suele considerarse una provocación, y resulta violento e inapropiado. Las personas de más autoridad o edad en un grupo esperan ser reconocidas y saludadas antes que al resto.

第二課 你是哪裡人？（第二课 你是哪里人？）
¿De dónde eres?

Objetivos de Aprendizaje 本課重點 （本课重点）

1 Conocerse mejor y preguntar cómo le va a tu amigo
進一步認識、問候近況 （进一步认识、问候近况）

2 Preguntar por la nacionalidad;Pron.(N) ＋的＋ N ＋在 + Lugar
國家＋「哪裡人？」、PN(N)＋的＋N、NP＋在＋地名
（国家＋「哪里人？」、PN(N)＋的＋N、NP＋在＋地名）

3 SN + "¿dónde está？", haber (no haber), números (1 ～ 10), "Num.+Clas."
SN ＋「在哪裡？」、有（沒有）、數字（一～十）、量詞
(SN ＋「在哪里？」、有（没有）、数字（一～十）、量词)

4 Preguntar y responder con verbos estativos
很＋ SV、SV 不 SV、也 （很＋ SV、SV 不 SV、也）

一、Texto 課文（课文） 🔊

Parte A ¿De qué parte de España eres?
你是西班牙哪裡人？（你是西班牙哪里人？）

Situación: Zhongping y Juan se encuentran otra vez en el campus.
情境介紹：中平和胡安又在校園中見面了。（情境介紹：中平和胡安又在校园中见面了。）

中平：請問，你是西班牙哪裡人？
胡安：我是西班牙馬德里人。
　　　你呢？你是中國哪裡人？
中平：我是北京人，可是我的學校在上海。
胡安：我的學校在巴賽隆納。

中平：请问，你是西班牙哪里人？
胡安：我是西班牙马德里人。
　　　你呢？你是 中国哪里人？
中平：我是北京人，可是我的学校在上海。
胡安：我的学校在巴赛隆纳。

 Preguntas 問題（问题）

1. 中平的家在哪裡？（中平的家在哪里？）

2. 胡安的家在西班牙嗎？（胡安的家在西班牙吗？）

3. 胡安的學校在哪裡？（胡安的学校在哪里？）

Parte B ¿Dónde vives? (Lit. ¿dónde está tu casa?)
你家在哪裡？（你家在哪里？）

Situación: Lide charla con el profesor en la clase de chino al día siguiente.
情境介紹：立德第二天上中文課時跟老師聊天。（情境介绍：立德第二天上中文课时跟老师聊天。）

老師：這是你的書嗎？

立德：是啊！謝謝您！

老師：不客氣！立德，你家在哪裡？

立德：我家在西班牙馬德里，可是我
　　　的學校在巴賽隆納。

老師：你家有幾個人？

立德：我家有六個人，我有爸爸、
　　　媽媽、一個哥哥和兩個姊姊，
　　　可是我沒有弟弟、妹妹。

老师：这是你的书吗？

立德：是啊！谢谢您！

老师：不客气！立德，你家在哪里？

立德：我家在西班牙马德里，可是我的学校在巴赛隆纳。

老师：你家有几个人？

立德：我家有六个人，我有爸爸、妈妈、一个哥哥和两个姊姊，可是我没有弟弟、
　　　妹妹。

 ## Preguntas 問題（问题）

1. 立德的學校在哪裡？（立德的学校在哪里？）

2. 立德家有幾個人？（立德家有几个人？）

3. 立德有弟弟嗎？（立德有弟弟吗？）

Parte C ¡Cuánto tiempo sin verte! 好久不見！（好久不见！）

Situación: Li Ming se ecuentra con Zhang Ling en el restaurante de la empresa .
情境介紹：李明在公司的餐廳碰見了張玲。（情境介紹：李明在公司的餐厅碰见了张玲。）

李明：張小姐，好久不見！你好嗎？

張玲：我很好，謝謝！你呢？

李明：我也很好！

張玲：你最近忙不忙？

李明：我很忙。你呢？

張玲：我也很忙。

李明：你累不累？

張玲：還好！我不太累。

李明：张小姐，好久不见！你好吗？

张玲：我很好，谢谢！你呢？

李明：我也很好！

张玲：你最近忙不忙？

李明：我很忙。你呢？

张玲：我也很忙。

李明：你累不累？

张玲：还好！我不太累。

 Preguntas 問題 （问题）

1. 張玲好嗎？（张玲好吗？）

....

2. 李明最近忙不忙？（李明最近忙不忙？）

....

3. 張玲累不累？（张玲累不累？）

....

二、 Vocabulario 生詞（生词）🔊

（一）Vocabulario del texto 課文生詞（课文生词 ）

	漢字 Caracteres tradicionales	简体字 Caracteres simplificados	拼音（拼音） Pinyin	解釋（解释） Significado
1	爸爸	爸爸	bàba	(S) Padre
2	馬德里	马德里	mǎdélǐ	(S) Madrid
3	不客氣	不客气	bú kèqì	(Idiom.) De nada
4	的	的	de	(Part.) Posesión (de); Unir un modificador a un N.; Relativo.
5	弟弟	弟弟	dìdi	(S)Hermano menor
6	個	个	gè, ge	(Cl. genérico) Det. + Cl+N
7	哥哥	哥哥	gēge	(N) Hermano mayor
8	還好	还好	háihǎo	(Idiom.) Bien, pasable
9	瓦倫西亞	瓦伦西亚	Wǎlúnxīyà	(N) Valencia
10	好久不見	好久不见	hǎojiǔbújiàn	(Idiom.) Cuánto tiempo sin verte
11	和	和	hé; hàn	(Conj.) Y
12	很	很	hěn	(Adv.) Muy
13	幾	几	jǐ	(Pron.) Cuántos; Algunos
14	家	家	jiā	(N) Familia; Casa
15	姊姊 / 姐姐	姊姊 / 姐姐	jiějie	(N) Hermana mayor
16	客氣	客气	kèqi	(VE) Se amable, cortés
17	可是	可是	kěshì	(Conj.) Pero, sin embargo
18	累	累	lèi	(VE) Estar cansado
19	兩	两	liǎng	(Num.+ Cl.) Dos
20	六	六	liù	(Num.) Seis
21	媽媽	妈妈	māma	(N) Madre
22	忙	忙	máng	(VE) Estar ocupado
23	妹妹	妹妹	mèimei	(N) Hermana menor
24	沒有	没有	méiyǒu	(VT) No haber; Negación

25	巴賽隆納	巴塞罗那	Bāsàiluónà	(S) Barcelona
26	哪裡（哪兒）	哪里（哪儿）	nǎlǐ (nǎr)	(Pron.) ¿Dónde?
27	太	太	tài	(Adv.) Demasiado
28	小姐	小姐	xiǎojiě	(S)Señorita
29	謝謝	谢谢	xièxie	(Idiom.) Gracias
30	學校	学校	xuéxiào	(S) Colegio, escuela
31	也	也	yě	(Adv.) También
32	一	一	yī	(Num.) Uno
33	有 / 沒有	有 / 没有	yǒu / méiyǒu	(TV, 1) Hay / no hay
34	在	在	zài	(TV, 1) Existir; (CV) en, estar
35	這	这	zhè	(S)Esto/a, estos/as
36	最近	最近	zuìjìn	(S) Reciéntemente, últimamente

（二）Vocabulario de los ejercicios 一般練習生詞（一般练习生词）

	漢字 Caracteres tradicionales	简体字 Caracteres simplificados	拼音（拼音） Pinyin	解釋（解释） Significado
1	八	八	bā	(Num.) Ocho
2	陳漢	陈汉	Chén Hàn	(N) Chen Han (masc.)
3	成都	成都	Chéngdū	(N) Chengdu, capital de la provincia de Sichuan
4	東京	东京	Dōngjīng	(N) Tokio
5	二	二	èr	(Num.) Dos
6	法蘭克福	法兰克福	Fǎlánkèfú	(N) Granada
7	高雄	高雄	Gāoxióng	(N) Gaoxiong, ciudad portuaria de Taiwán
8	廣州	广州	Guǎngzhōu	(N) Guangzhou, Kanton, capital de la provincia de Guangzhou
9	海德堡	海德堡	Hǎidébǎo	(N) Córdoba

10	或	或	huò	(Conj.) O
11	九	九	jiǔ	(Num.) Nueve
12	科隆	科隆	Kēlóng	(N) Ronda
13	萊比錫	莱比锡	Láibǐxí	(N) Sevilla
14	南京	南京	Nánjīng	(N) Nanjing, Nanking (capital de la provincia de Jiangsu)
15	七	七	qī	(Num.) Siete
16	三	三	sān	(Num.) Tres
17	十	十	shí	(Num.) Diez
18	書	書	shū	(N) Libro
19	四	四	sì	(Num.) Cuatro
20	台北	台北	Táiběi	(N) Taipei (capital de Taiwán)
21	台東	台东	Táidōng	(N) Taidong, en el este de Taiwán
22	台南	台南	Táinán	(N) Táinán, en el sur de Taiwán
23	台中	台中	Táizhōng	(N) Taizhong, en el centro de Taiwán
24	五	五	wǔ	(Num.) cinco
25	西安	西安	Xī'ān	(N) Xi'an, capital de la provincia de Shaanxi
26	中文	中文	Zhōngwén	(N) Lengua china

三、Ejercicios de Gramática 語法練習（语法练习）

 Uso y repuesta de 你是…國＋哪裡人 ¿De dónde eres...?
「你是…國＋哪裡人？」的用法和回答
（「你是…国＋哪里人？」的用法和回答）

"Nombre del país + 哪裡人" es una estructura "Adj.+SN". El SN es una forma interrogativa que significa literalmente ´persona de dónde`. El significado final es "¿de qué parte del país eres?" o "¿de dónde eres?".

國家名稱＋哪裡人是 Adj>NP 的結構，NP 是複合疑問句，意思是 "你來自哪個國家" 或 "你是哪裡人"

（国家名称＋哪里人是 Adj>NP 的结构，NP 是复合疑问句，意思是 "你来自哪个国家" 或 "你是哪里人"）

你是西班牙哪裡人？
你是台灣哪裡人？
你是中國哪裡人？

我是（西班牙）瓦倫西亞人
我是（台灣）台南人
我是（中國）南京人

A:

B:

你是西班牙哪里人？
你是台湾哪里人？
你是中国哪里人？

我是（西班牙）瓦伦西亚人
我是（台湾）台南人
我是（中国）南京人

Nota：Las ciudades principales de España, China y Taiwán
補充：西班牙，中國，台灣主要城市
（补充：西班牙，中国，台湾主要城市）

 Práctica: Marca los topónimos correctos
試試看：把正確的地名圈起來（试试看：把正确的地名圈起来）

Ejemplo 例（例）：

張玲是中國（瓦倫西亞人，上海人，臺北人，北京人）。

张玲是中国（瓦伦西亚人，上海人，台北人，北京人）。

1. 立德是西班牙（瓦倫西亞人，上海人，臺北人，北京人）。

　立德是西班牙（瓦伦西亚人，上海人，台北人，北京人）。

2. A：你是中國哪裡人？B：我是（瓦倫西亞人，上海人，臺北人，北京人）。

　A：你是中国哪里人？B：我是（瓦伦西亚人，上海人，台北人，北京人）。

3. A：你是台灣哪裡人？B：我是（瓦倫西亞人，上海人，臺北人，北京人）。

　A：你是台湾哪里人？B：我是（瓦伦西亚人，上海人，台北人，北京人）。

4. A：老師，你是中國哪裡人？　　B：我是 　　　　　　　　　　　 。

　　A：老师，你是中国哪里人？　　B：我是 　　　　　　　　　　 。

5. A：（請問你的同學）你是西班牙哪裡人？　　B：　　　　　　　　 。

　　A：（请问你的同学）你是西班牙哪里人？　　B：　　　　　　 。

II Uso de "pronombre (nombre 1) + de 的 + nombre 2"
「代名詞 (名詞)＋的＋名詞」的用法
（「代名词 (名词)＋的＋名词」的用法 ）

Cuando la partícula estructural "-de" 的 se coloca entre un pronombre (o un nombre) y un sustantivo, indica posesión. El pronombre o primer nombre es el poseedor, y el segundo nombre es el objeto poseído. El orden es justamente el contrario al del español·.

一個代名詞或名詞放在另一個名詞前作定語，表示「領屬」關係時，常在中間加上結構助詞「的」。句型如下：

（一个代名词或名词放在另一个名词前作定语，表示「领属」关系时，常在中间加上结构助词「的」。句型如下：）

N1/Pron.		的	N2
我（們）	我（们）		學校（学校）
你（們）	你（们）	的（的）	名字（名字）
老師	老师		書（书）

Nota: Cuando la relación entre el elemento poseedor y el poseído es muy cercana (relaciones de parentesco, lugares…) se puede eliminar la partícula 的 . Ejs.: 我（的）媽媽 (mi madre), 你（的）家 (tu familia).

補充：在「你（的）家有什麼人？」、「我（的）媽媽是老師。」的句子中，常常省略助詞「的」，表示親近的關係。

（补充：在「你（的）家有什么人？」、「我（的）妈妈是老师。」的句子中，常常省略助词「的」，表示亲近的关系。）

Práctica: Escribe el orden correcto
試試看：請寫出正確的順序 （试试看：请写出正确的顺序）

Ejemplo 例（例） ：

我 / 名字 / 的 →我的名字 叫馬克。

（我 / 名字 / 的 →我的名字 叫马克。）

1. 的 / 學校 / 我們 →   在台北。

（的 / 学校 / 我们 →   在台北。）

2. 書 / 的 / 你 / 嗎 →這是   ？

（书 / 的 / 你 / 吗 →这是   ？）

3. 的 / 我 / 家 →   在瓦倫西亞。

（的 / 我 / 家 →   在瓦伦西亚。）

4. 媽媽 / 我 / 的 →   在家。

（妈妈 / 我 / 的 →   在家。）

5. 的 / 你 / 書 →   在哪裡？

（的 / 你 / 书 →   在哪里？）

III Uso del adverbio " yě "
副詞「也」的用法（副词「也」的用法）

El adverbio" 也 " (´también`) se coloca detrás del sujeto y delante del verbo. Nunca puede aparecer suelto al principio ni al final de la frase. P.ej.:

漢語的副詞「也」常出現在主語後、動詞前，句型如下：

（汉语的副词「也」常出现在主语后、动词前，句型如下：）

	S+ 也 +(不)V
馬克姓方， （马克姓方，）	我也姓方。 （我也姓方。）
立德是西班牙人， （立德是西班牙人，）	李明也是西班牙人。 （李明也是西班牙人。）
李明不是學生， （李明不是学生，）	張玲也不是學生。 （张玲也不是学生。）
我家在中國北京， （我家在中国北京，）	中平的家也在中國北京。 （中平的家也在中国北京。）
我的學校在台北， （我的学校在台北，）	立德的學校也在台北。 （立德的学校也在台北。）

Práctica: Relaciona las frases de ambas columnas
試試看：把相關的句子連起來 （试试看：把相关的句子连起来）

A：我家在台北，　　　　　　　　　　　　B：中平也是北京人。
　（我家在台北，）　　　　　　　　　　　（中平也是北京人。）

A：我是北京人，　　　　　　　　　　　　B：馬克也是西班牙人。
　（我是北京人，）　　　　　　　　　　　（马克也是西班牙人。）

A：立德不是老師，　　　　　　　　　　　B：張玲也不是老師。
　（立德不是老师，）　　　　　　　　　　（张玲也不是老师。）

A：李明是西班牙人，　　　　　　　　　　B：陳漢的家也在台北。
　（李明是西班牙人，）　　　　　　　　　（陈汉的家也在台北。）

A：我很累，　　　　　　　　　　　　　　B：我媽媽也很累。
　（我很累，）　　　　　　　　　　　　　（我妈妈也很累。）

A：我妹妹不在家，　　　　　　　　　　　B：我弟弟也不在家。
　（我妹妹不在家，）　　　　　　　　　　（我弟弟也不在家。）

Uso y respuesta de "N (SN)＋在哪裡？" "N (SN)＋在哪裡？" 的用法和回答
（"N (SN)＋在哪里？" 的用法和回答）

El verbo 在 significa 'estar' o 'estar en'. Normalmente a continuación aparece un complemento que indica lugar. El tipo de frase es la siguiente：

動詞「在」表示「存在」，一般是以表位置的名詞、代詞做為賓語。句型如下：

（动词「在」表示「存在」，一般是以表位置的名词、代词做为宾语。句型如下：）

SN	在	L
你（的）家 （你（的）家）		哪裡？ （哪里？）
我（的）家 （我（的）家）	在 （在）	（西班牙）馬德里。 （（西班牙）马德里。）
你的學校 （你的学校）		哪裡？ （哪里？）
我的學校 （我的学校）		（中國）北京。 （（中国）北京。）

 Práctica: Contesta estas preguntas con una frase completa
試試看：用完整的句子回答（试试看：用完整的句子回答）

Ejemplo 例（例）：

A：你家在哪裡？（台中）→ B：[我家在台中。]

A：你家在哪里？（台中）→ B：[我家在台中。]

1. A：你家在哪裡？（瓦倫西亞）→ B：[   ]

1. A：你家在哪里？（瓦伦西亚）→ B：[   ]

2. A：你的學校在哪裡？（上海）→ B：[   ]

2. A：你的学校在哪里？（上海）→ B：[   ]

3. A：你的學校在哪裡？（東京）→ B：[   ]

3. A：你的学校在哪里？（东京）→ B：[   ]

4. A：老師，你家在哪裡？ → B：[   ]

4. A：老师，你家在哪里？ → B：[   ]

5. A：（請問你的同學）你的學校在哪裡？ → B：[   ]

5. A：（请问你的同学）你的学校在哪里？ → B：[   ]

Uso de " yǒu" y "méiyǒu"
「…(沒)有…」的用法（「…(没)有…」的用法）

El verbo 有 tiene dos significados: 1.'tener`o'poseer`y 2.'haber`o'existir`. Se niega siempre con la negación 沒 (méi), y nunca con 不 (bu), independientemente de que el tiempo sea presente, pasado o futuro.

漢語的「有」字句在表示「領有」、「具有」關係時，否定形式是在「有」前加副詞「沒」。

（汉语的「有」字句在表示「领有」、「具有」关系时，否定形式是在「有」前加副词「没」。）

NP1/PN	（沒）有	NP2
我 （我）	有 （有） 沒有 （没有）	哥哥 。 （哥哥） 姊姊 。 （姊姊） 書 。 （书）
你（的）家 （你（的）家）	有 （有）	幾個人？ （几个人？）

Práctica: Contesta estas preguntas con una frase completa
試試看：用完整的句子回答（试试看：用完整的句子回答）

Ejemplo 例（例）：

A：你有中文名字嗎？ → B：我沒有中文名字。

A：你有中文名字吗？ → B：我没有中文名字。

1. A：你有姊姊嗎？→ B：　　　　　　　　　　　　　　。

1. A：你有姊姊吗？→ B：　　　　　　　　　　　　　　。

2. A：你媽媽有哥哥嗎？→ B：　　　　　　　　　　　　。

2. A：你妈妈有哥哥吗？→ B：　　　　　　　　　　　　。

3. A：你有日本老師嗎？→ B：　　　　　　　　　　　　。

3. A：你有日本老师吗？→ B：　　　　　　　　　　　　。

4. A：你的老師有弟弟嗎？→ B：　　　　　　　　　　　。

4. A：你的老师有弟弟吗？→ B：　　　　　　　　　　　。

5. A：你有書嗎？→ B：　　　　　　　　　　　　　　　。

5. A：你有书吗？→ B：　　　　　　　　　　　　　　　。

Número（1-10）＋ Clas. ＋ N
數字（一～十）＋個＋ N （数字（一～十)＋个＋ N）

Número		Num + M + S
1	一（一）	
2	二（二）	
3	三（三）	
4	四（四）	一個爸爸（一个爸爸）
5	五（五）	一個媽媽（一个妈妈）
6	六（六）	兩個哥哥（两个哥哥）
7	七（七）	三個姊姊（三个姊姊）
8	八（八）	五個妹妹（五个妹妹）
9	九（九）	
10	十（十）	

El chino es una lengua clasificadora. Entre un Determinante y un Nombre hay que colocar un "Clasificador". En el caso de los numerales, su uso es: "Número + Clasificador + Nombre". La selección del clasificador depende del tipo del sustantivo que aparezca a continuación. El clasificador 个 es el genérico y se puede utilizar con la mayor parte de los sustantivos.

中文裡有許多量詞，其用法是「數字＋量詞＋名詞」。量詞的選擇取決於後面名詞的種類。量詞「個」可以與大部分的名詞搭配使用，是最常見的量詞。

（中文里有许多量词，其用法是「数字＋量词＋名词」。量词的选择取决于后面名词的种类。量词「个」可以与大部分的名词搭配使用，是最常见的量词。）

Nota：二 y 兩 .
Tanto 二 como 兩 indican el número 2. Se pone 兩 , en vez de 二 , cuando a continuación aparece un clasificador. P.ej.：兩 個人 .

補充：「二」和「兩」
「二」和「兩」都是表示「2」這個數字。在 10 以內的數字中的「2」，如果出現在量詞前（如：兩 (2) 個人），就用「兩」來表示。

（补充：「二」和「两」
「二」和「两」都是表示「2」这个数字。在 10 以内的数字中的「2」，如果出现在量词前（如：两 (2) 个人），就用「两」来表示。）

Práctica: Lee los siguientes números y escribe sus caracteres chinos.
試試看：讀下列數字並用漢字寫出來
　（试试看：读下列数字并用汉字写出来）

2　二	8	5
4	3	9

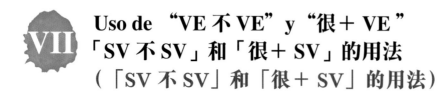

Uso de "VE 不 VE" y "很＋ VE"
「SV 不 SV」和「很＋ SV」的用法
（「SV 不 SV」和「很＋ SV」的用法）

El verbo estativo en chino equivale al español "ser/estar + adjetivo" (ser alto, ser guapo, estar ocupado…). Él mismo constituye ya un verbo, y no es necesario poner 是 ni 在 (uno de los errores más frecuentes entre los españoles). En las oraciones interrogativas se repite el mismo verbo negado: "VE 不 VE?". Cuando es una respuesta afirmativa a menudo se añade el adverbio 很、太、不很. La forma negativa es siempre con 不 (nunca con): "不＋ VE".

Ese mismo VE, cuando aparece delante de un nombre y no constituye el núcleo del predicado, funciona como Adjetivo. P.ej.: 人 好 las personas están bien / 人 好 buenas personas.

漢語的 SV 可以單獨作謂語，不需要動詞「是」。疑問句常用「SV 不 SV」的形式，肯定回答時常常在前面加上副詞「很」、「太」、「不很」、「不太」，否定式是「不＋ SV」。

（汉语的 SV 可以单独作谓语，不需要动词「是」。疑问句常用「SV 不 SV」的形式，肯定回答时常常在前面加上副词「很」、「太」、「不很」、「不太」，否定式是「不＋ SV」。）

A:

你好嗎？（或 你好不好？）

你好吗？（或 你好不好？）

你忙嗎？（或 你忙不忙？）

你忙吗？（或 你忙不忙？）

你累嗎？（或　你累不累？）

你累吗？（或　你累不累？）

B:

我很好！

我很好！

我不（太）好！

我不（太）好！

我很忙。

我很忙。

我不（太）忙！

我不（太）忙！

我很累。

我很累。

我不（太）累！

我不（太）累！

Práctica: Transforma estas oraciones en interrogativas utilizando la forma「VE 不 VE」

試試看：改成疑問句「SV 不 SV」的形式

（试试看：改成疑问句「SV 不 SV」的形式）

Ejemplo 例（例）：

我不太好！→ 你好不好？

我不太好！→ 你好不好？

1. 我不太累。→   ?

1. 我不太累。→   ?

2. 他最近很忙。→   ?

2. 他最近很忙。→   ?

3. 我很好！→   ?

3. 我很好！→   ?

4. 他不好嗎？→   ?

4. 他不好吗？→   ?

5. 我不太忙。→   ?

5. 我不太忙。→   ?

四、Descripción de los caracteres chinos 漢字說明（汉字说明）

Desde épocas muy remotas se han dividido los caracteres chinos en 6 grupos.

1. CARACTERES PICTOGRÁFICOS   象形字（xiàng xíng zì）

Originalmente intentaban reproducir la imagen de los objetos, aunque su forma actual puede en ocaciones no resultar demasiado clara

Ejs：

→ 山（shān）montaña

→ 人（rén）hombre

→ 月（yuè）luna

→ 目（mù）ojo

2. CARACTERES IDEOGRÁFICOS SIMPLES 指事字 (zhǐ shì zì)

Consisten en indicaciones diagramáticas de ideas o conceptos abstractos.

Ejs：

三（sān）tres

上 (shàng) arriba

下 (xià)debajo

王 (wáng)rey, soberano（el que sirve como punto de unión entre el cielo 天 y la tierra 土）

3.CARACTERES IDEOGRÁFICOS COMPUESTOS 會意字（huì yì zì）

Son aquellos cuyo significado final es resultado de la combinación de los significados de sus partes. Actualmente son los más numeros.

Ejs：

森（sēn）bosque: fornmado por tres 木 mù o árboles

明（míng）brillante: 日 rì (sol) + 月 yuè（luna）

信 (xìn) honrado, honesto：人 rén（persona）+ 言（palabra）

男（nán）varón：田 tián（campo）+ 力 lì (fuerza)

4.COMPUESTOS FONÉTICOS 形聲字（xíng shēng zì）

Este tipo de caracteres son también muy abundantes. Cada uno consta de dos partes:una parte significativa o raíz y una parte fonética que sugiere la pronunciación.

Ejs：

机（jī）máquina：parte léxica 木（árbol, madera）+parte fonética 几

跑（pǎo）correr：parte léxica 足（pie）+parte fonética 包

銅（tóng）bronce：parte léxica 金 (oro, metal)+parte fonética 同

En la siguiente lección, seguiremos introduciendo los otros dos grupos de los caracteres chinos

五、Audición 聽力練習（听力练习）🔊

I. Escucha este diálogo. ¿Qué has entendido?
II. Escucha el diálogo otra vez. Esta vez el diálogo se divide en tres partes. Selecciona la respuesta correcta según el contenido.

試試看：

I. 請聽一段對話，試試看，你聽到什麼。
II. 請再聽一次對話。這次對話將分成三段播放，請根據每段話內容，選出正確的答案。

（試試看：

I. 请听一段对话，试试看，你听到什么。
II. 请再听一次对话。这次对话将分成三段播放，请根据每段话内容，选出正确的答案。）

Parte1 第一段 （第一段）

1. 張玲是哪裡人？　　　　a) 馬德里人 b) 北京人 c) 上海人

　（张玲是哪里人？　　　a) 马德里人 b) 北京人 c) 上海人）

2. 王中平是哪裡人？　　　a) 北京人 b) 瓦倫西亞人 c) 馬德里人

　（王中平是哪里人？　　a) 北京人 b) 瓦伦西亚人 c) 马德里人）

3. 王中平的學校在哪裡？　a) 瓦倫西亞 b) 馬德里 c) 巴塞隆納

　（王中平的学校在哪里？ a) 瓦伦西亚 b) 马德里 c) 巴塞隆那）

Parte 2 第二段 （第二段）

4. 王中平家有幾個人？　　a) 四個人 b) 五個人 c) 六個人

　（王中平家有几个人？　a) 四个人 b) 五个人 c) 六个人）

Parte3 第三段 （第三段）

5. 張玲最近累嗎？　　　　a) 很累 b) 不累 c) 不太累

　（张玲最近累吗？　　　a) 很累 b) 不累 c) 不太累）

六、 Ejercicios de combinación
綜合練習（综合练习）

Vocabulario de los ejercicios 綜合練習生詞（综合练习生词） 🔊

	漢字 Caracteres tradicionales	简体字 Caracteres simplificados	拼音（拼音） Pinyin	解釋（解释） Significado
1	巴黎	巴黎	Bālí	(N) París
2	倫敦	伦敦	Lúndūn	(N) Londres

你的家在哪裡？
你的學校在哪裡？

我的家在＿＿＿。
我的學校在＿＿＿。

你的家在哪里？
你的學校在哪里？

我的家在＿＿＿。
我的學校在＿＿＿。

家		學校	
	馬德里（马德里）	☀	臺北（台北）
	北京（北京）		巴黎（巴黎）
●	東京（东京）		倫敦（伦敦）

II Contesta las preguntas 回答問題（回答问题）

句型例： 你好不好？　　a) 我很好 b) 我不太好 c) 我不好
句型例：　　你好不好？　　a) 我很好 b) 我不太好 c) 我不好

A：老師忙不忙？　　B：你累不累？　　C：他好不好？
A：老师忙不忙？　　B：你累不累？　　C：他好不好？

 III Trae una foto de tu familia y utiliza las siguientes frases para entablar un diálogo con tus compañeros.

請同學帶一張家人的合照，請利用下面的句子和你的同學對話。
（请同学带一张家人的合照，请利用下面的句子和你的同学对话。）

A：你家有幾個人？　　B：＿＿＿＿＿＿＿＿＿＿＿＿＿＿＿。
A：你家有几个人？

A：你有妹妹嗎？　　　B：＿＿＿＿＿＿＿＿＿＿＿＿＿＿＿。
A：你有妹妹吗？

A：你有沒有哥哥？　　B：＿＿＿＿＿＿＿＿＿＿＿＿＿＿＿。
A：你有没有哥哥？

A：這是你媽媽嗎？　　B：＿＿＿＿＿＿＿＿＿＿＿＿＿＿＿。
A：这是你妈妈吗？

A：這是不是你弟弟？　B：＿＿＿＿＿＿＿＿＿＿＿＿＿＿＿。
A：这是不是你弟弟？

 IV Presenta por la nacionalidad de los personajes de las siguientes imágenes:
請介紹圖片中人物的國籍：（请介绍图片中人物的国籍：）

七、Comprendiendo la cultura
從文化出發（从文化出发）

LA POBLACIÓN CHINA
中國的人口（中国的人口）

El nombre oficial de China ha ido cambiando a través de las diferentes dinastías. El más común era "Zhōngguó" (中國 / 中国), que literalmente significa ´nación central` o ´reino del medio`. "Zhōngguó" comenzó a tener un uso oficial como una abreviación de la República de China ("Zhonghuá mínguó") tras el establecimiento del gobierno en 1912. Con el surgimiento de la República Popular de China en 1949, el término "Zhongguo" ahora se identifica más con la República Popular China, aunque hay que tener en cuenta que la última guerra civil china, finalizada en 1949, condujo a la aparición de dos entidades políticas que utilizan el nombre de "China" y que no hay que confundir:

República Popular China (RPC), conocida comúnmente como China Popular, China Comunista o simplemente China. Tiene control sobre China continental y los territorios autogobernados de Hong Kong (desde 1997) y Macao (desde 1999).

República de China (ROC), conocida comúnmente como China Nacionalista, Taiwán o China Libre. Tiene control sobre las islas de Taiwán, Pescadores, Kinmen y Matsu.

China es el país más poblado del mundo; alberga la quinta parte de la población mundial. El 6 de enero de 2005 fue el día de los 1,300 millones, que representan el 22% de la población mundial. En el año 2016 la población china alcanzó los 1,376 miles de millones de habitantes. Taiwán actualmente cuenta con 23 millones.

China posee una superficie aproximada de 9,6 millones de km2, y cuenta con 22 provincias, 4 municipalidades, 5 regiones autónomas y 2 regiones administrativas especiales.

En China Continental la distribución demográfica muestra un gran desequilibrio, ya que hay más población en el este y en las llanuras, y menos en el oeste, en las zonas montañosas y en las mesetas.

En cuanto a la composición demográfica, tradicionalmente ha predominado la población rural sobre la urbana. Desde 1949, la población no agrícola de China aumenta de manera planificada. Las grandes inmigraciones desde las zonas rurales a las urbanas se incrementan sin cesar, de manera controlada por el gobierno, para mantener el equilibrio requerido por las circunstancias y el desarrollo.

Existen ciertos estereotipos sobre los habitantes de cada región, especialmente entre los del norte y los del sur. Tradicionalmente se ha considerado que las personas del sur son de estatura más baja y de constitución más débil que las del norte, puesto que la dieta del sur conlleva más mariscos y el arroz es su alimento básico (como el pan para los españoles), mientras que en el norte hay más platos de carne y se consume mucho más trigo. Sus diferentes características se reflejan en todos los aspectos de la cultura, del arte (ópera, arquitectura, etc.) y de la forma de ser y comportarse. Los habitantes del norte perciben a los sureños como introvertidos, sensibles y tranquilos. Por el contrario, los del sur creen que los del norte son fuertes y rudos, más extrovertidos y que hablan muy alto. Además, se dice que los hombres del sur son más sensibles y delicados, que cuidan más la vida familiar y ayudan en las tareas del hogar, mientras que los del norte tienen fama de ser más fuertes y "masculinos", y no colaboran en los quehaceres domésticos, reservados a las mujeres.

China es un país con 56 etnias, entre las cuales la mayoritaria es la "hàn" (漢), que ocupa más del 90% de la población. Los otras 55 se definen como "minorías étnicas" (少數民族) y abarcan casi 105 millones de habitantes. Aunque muchas de estas minorías ya han quedado diluidas en los han, algunas de ellas han logrado conservar sus propio idioma e, incluso, escritura. Las más conflictivas son las de Tíbet (西藏) y Xinjiang (新疆, uigures). En Taiwán predomina la mayoría "han" (98%), pero cuenta también con la "etnia de la isla sur" (aborígenes de Taiwán), que, a su vez, se divide en 14 grupos más pequeños.

Oficialmente, en toda China se ha impuesto la llamada "lengua estándar" ("putonghuà" 普通話 / "hànyu" 漢語/ "guóyu" 國語), que predomina en la enseñanza y en la administración, y es la que sirve de puente de comunicación entre los chinos del interior de China, del sudeste asiático y del resto de los países del mundo en donde hay comunidades chinas. Como sistema de transcripción fonética se promociona oficialmente el "pinyin" (拼音), que es el adoptado en todos los organismos internacionales, el recomendado por los medios de comunicación y el usado en la enseñanza del idioma chino en todo el mundo.

En Taiwán la lengua oficial se denomina "guóyu" (國語, lit. ´lengua nacional`); es lo mismo que el "putonghuà" (普通話, lit. ´idioma común`), pero sigue utilizando la fonética "zhuyin fúhào" (注音符號) y los caracteres tradicionales.

El gobierno de la RPC intentó frenar el crecimiento demográfico a través de una política de planificación familiar conocida como "la política del hijo único" o "de un hijo por pareja", vigente entre 1979 y finales de 2015. Se establecen excepciones para las zonas rurales, a las que se les permite un segundo hijo, y para las minorías étnicas, que carecen de restricciones. Era un objetivo radical y sin precedentes. Se combinó la propaganda, la presión social, y el establecimiento de beneficios y penalizaciones económicas. Aunque en teoría los abortos selectivos en función del sexo están prohibidos, lo cierto es que sí se han llevado a cabo, con lo que se ha desembocado en una clara descompensación entre varones y mujeres, lo que acarrea numerosos problemas de diversa índole. En una sociedad de marcado carácter patriarcal, el varón siempre es más apreciado, pues es el que mantendrá el apellido familiar, así como una serie de privilegios y responsabilidades. Aunque actualmente, sobre todo en las grandes ciudades, ya se van apreciando cambios, aun así la inercia confuciana tradicional se mantiene.

En noviembre de 2013 el gobierno chino tomó la decisión de permitir tener dos hijos a las parejas en las cuales el padre o la madre no tuvieran hermanos, lo que supone un cambio en la controvertida política del hijo único. En octubre de 2015 la RPC abandona definitivamente esta política, manteniendo, sin embargo, un límite de dos hijos por pareja. La implementación de la nueva política será gradual; las parejas que deseen tener un segundo hijo seguirán un proceso de solicitud simplificado.

第三課 你喜歡做什麼？第三课 你喜欢做什么？
¿ Qué te gusta hacer?

Objetivos de Aprendizaje 本課重點 （本课重点）

1 Discutir sobre el deporte y las actividades de ocio
討論運動和休閒活動（讨论运动和休闲活动）

2 Verbos auxiliares como " 要 " " 想 ", " 喜歡 "
助動詞「要」、「想」、「喜歡」（助动词「要」、「想」、「喜欢」）

3 Adverbios " 很 ", " 不 ", " 太 " y " 都 "
副詞「很」、「不」、「太」、「都」（副词「很」、「不」、「太」、「都」）

4 Conjunciones " 因為 " … " 所以 "… ; Adverbio " 都 " ; Oraciones " 來 / 去 +lugar+V-Compl."
因為…，所以…、都、主題句、 來 / 去＋地點＋ VP（因為…，所以…、都、主題句、 来 / 去＋地点＋ VP）

一、Texto 課文（课文）🔊

Parte A ¿Qué deporte te gusta hacer?
你喜歡做什麼運動？（你喜欢做什么运动？）

Situación: Juan se encuentra con su compañero Zhong Ping después de la clase
情境介紹：胡安下課以後，碰到同學中平。（情境介紹：胡安下課以后，碰到同学中平。）

胡安：中平，下午你要做什麼？
中平：我要和朋友去打球。
胡安：你們要打什麼球？
中平：我們要打棒球。你喜不喜歡打棒球？
胡安：打棒球我不太喜歡，我喜歡踢足球。
中平：西班牙人都喜歡踢足球嗎？
胡安：西班牙人不都喜歡踢足球，可是很多人喜歡騎自行車。
中平：你還喜歡做什麼運動？
胡安：我還喜歡慢跑。
中平：我也喜歡慢跑，可是因為最近我很忙，所以很少慢跑。

胡安：中平，下午你要做什么？
中平：我要和朋友去打球。
胡安：你们要打什么球？
中平：我们要打棒球。你喜不喜欢打棒球？
胡安：打棒球我不太喜欢，我喜欢踢足球。
中平：西班牙人都喜欢踢足球吗？
胡安：西班牙人不都喜欢踢足球，可是很多人喜欢骑自行车。
中平：你还喜欢做什么运动？
胡安：我还喜欢慢跑。
中平：我也喜欢慢跑，可是因为最近我很忙，所以很少慢跑。

Preguntas 問題（问题）

1. 中平下午要做什麼？（中平下午要做什么？）

2. 胡安不喜歡做什麼？（胡安不喜欢做什么？）

3. 很多西班牙人喜歡做什麼？（很多西班牙人喜欢做什么？）

4. 西班牙人都喜歡踢足球嗎？（西班牙人都喜欢踢足球吗？）

5. 中平和胡安都喜歡做什麼？（中平和胡安都喜欢做什么？）

Parte B ¿Qué clase de películas te gusta?
你喜歡看什麼電影？（你喜欢看什么电影？）

Situación: Lide charla con su amiga Xiao Zhen en la cafetería.
情境介紹：立德在咖啡館跟朋友小真聊天。（情境介紹：立德在咖啡馆跟朋友小真聊天。）

立德：小真，你喜歡看電影嗎？
小真：我很喜歡。
立德：你喜歡哪國電影？
小真：我喜歡美國電影，你呢？
立德：我喜歡日本電影和中國電影。
小真：你喜不喜歡西班牙電影？
立德：西班牙電影我也喜歡，你呢？
小真：我也喜歡，可是我不常看西班牙電影。
立德：為什麼？
小真：因為這裡西班牙電影不多。
立德：太可惜了！

立德：小真，你喜欢看电影吗？
小真：我很喜欢。
立德：你喜欢哪国电影？
小真：我喜欢美国电影，你呢？
立德：我喜欢日本电影和中国电影。
小真：你喜不喜欢西班牙电影？
立德：西班牙电影我也喜欢，你呢？
小真：我也喜欢，可是我不常看西班牙电影。
立德：为什么？
小真：因为这里西班牙电影不多。
立德：太可惜了！

 Preguntas 問題（问题）

1. 小真喜歡看電影嗎？（小真喜欢看电影吗？）

....

2. 小真喜歡哪國電影？（小真喜欢哪国电影？）

....

3. 立德喜歡哪國電影？（立德喜欢哪国电影？）

....

4. 為什麼小真不常看西班牙電影？（为什么小真不常看西班牙电影？）

....

Parte C ¿Qué te apetece hacer?
你想做什麼？（你想做什么？）

Situación: Li Ming y Zhang Ling discuten sobre las actividades de ocio después del trabajo.
情境介紹：李明和張玲討論下班以後的活動。（情境介绍：李明和张玲讨论下班以后的活动。）

第三課 你喜歡做什麼？ ¿ Qué te gusta hacer?

李明：今天是週末，你想做什麼？
張玲：我想和同事去 KTV 唱歌，你想不想去？
李明：我不太喜歡唱歌。
張玲：為什麼呢？
李明：因為我唱歌很難聽。
張玲：那你平常喜歡做什麼？
李明：我喜歡看電影、聽音樂，也喜歡喝啤酒。
張玲：今天你跟我們一起去 KTV，明天我跟你去看電影、喝啤酒，好不好？
李明：好啊！下班見！

李明：今天是周末，你想做什么？
张玲：我想和同事去 KTV 唱歌，你想不想去？
李明：我不太喜欢唱歌。
张玲：为什么呢？
李明：因为我唱歌很难听。
张玲：那你平常喜欢做什么？
李明：我喜欢看电影、听音乐，也喜欢喝啤
　　　酒。
张玲：今天你跟我们一起去 KTV，明天我跟
　　　你去看电影、喝啤酒，好不好？
李明：好啊！下班见！

 Preguntas 問題（问题）

1. 張玲週末想做什麼？（张玲周末想做什么？）

....

2. 李明為什麼不想去 KTV？（李明为什么不想去 KTV？）

....

3. 李明平常喜歡做什麼？（李明平常喜欢做什么？）

....

4. 李明下班後去 KTV 嗎？（李明下班后去 KTV 吗？）

5. 明天他們要一起做什麼？（明天他们要一起做什么？）

二、 Vocabulario 生詞（生词） ◀))

（一）Vocabulario del texto 課文生詞（课文生词 ）

編號	漢字 Caracteres tradicionales	简体字 Caracteres simplificados	拼音（拼音） Pinyin	解釋（解释 ） Significado
1	棒球	棒球	bàngqiú	(N)Béibol
2	常	常	cháng	(Adv.)Frecuentemente
3	唱歌	唱歌	chàng gē	(VO) Cantar (canciones)
4	車	车	chē	(N)Vehículo (con ruedas), coche
5	打	打	dǎ	(VT) 1. Golpear 2. Jugar (a un deporte)
6	打球	打球	dǎ qiú	(VO) Jugar a la pelota (excepto al fútbol)
7	電影	电影	diànyǐng	(N) Película
8	都	都	dōu	(Adv.) Todo ,todos
9	多	多	duō	(VE) Ser mucho
10	歌	歌	gē	(N) Canción
11	跟	跟	gēn	(N)Tacón; (VT) Seguir; (CV) con
12	還	还	hái	(Adv.) También, aún, todavía
13	喝	喝	hē	(VT) Beber
14	見	见	jiàn	(TV) Ver, visitar
15	今天	今天	jīntiān	(N)Hoy
16	看	看	kàn	(VT) Ver, mirar
17	可惜	可惜	kěxí	(Adv.) Lamentablemente
18	了	了	le	(PM) Partícula modal

19	聊天	聊天	liáo tiān	(VO) Charlar
20	慢	慢	màn	(VE) Ser lento
21	慢跑	慢跑	mànpǎo	(N) Jogging
22	明天	明天	míngtiān	(N) Mañana
23	那	那	nà	(Dem.) Aquéllo/a, eso/a
24	難	难	nán	(VE) Ser difícil
25	難聽	难听	nántīng	(VE)Ser malsonante, desagradable al oído
26	跑	跑	pǎo	(VI) Correr, huir
27	朋友	朋友	péngyǒu	(N) Amigo
28	啤酒	啤酒	píjiǔ	(N) Cerveza
29	平常	平常	píngcháng	(Adv) Generalmente
30	騎	骑	qí	(VT) Montar, ir(en bicicleta, a caballo))
31	球	球	qiú	(N) Pelota
32	去	去	qù	(VI) Ir
33	少	少	shǎo	(VE) Ser poco
34	所以	所以	suǒyǐ	(Conj.)Por tanto, por consiguiente;
35	踢	踢	tī	(VT) Dar un puntapié ; jugar (al fútbol)
36	天	天	tiān	(N)Día
37	聽	听	tīng	(TV, 1) Oir, escuchar
38	同	同	tóng	(VE) Ser igual
39	同事	同事	tóngshì	(N) Compañero de trabajo, colega
40	為什麼	为什么	wèishénme	(Pron.?) ¿Por qué?
41	我們	我们	wǒmen	(Pron.) Nosotros/as
42	下	下	xià	(VT) Bajar; descender; (C.Dir.) hacia abajo
43	下班	下班	xià bān	(VO) Dejar de trabajar
44	下班後	下班后	xià bān hòu	(N+Posp.) Después del trabajo
45	想	想	xiǎng	(TV) Pensar ; Querer
46	喜歡	喜欢	xǐhuān	(TV) Gustar; (V.Aux.) querer, desear

47	要	要	yào	(VT) Querer; (V.Aux) Querer, desear
48	因為	因为	yīnwèi	(Conj.) Porque, como
49	音樂	音乐	yīnyuè	(N) Música
50	一起	一起	yìqǐ	(Adv.) Juntos
51	運動	运动	yùndòng	(N) Deporte
52	週末	周末	zhōumò	(N) Fin de semana
53	自行車	自行车	zìxíngchē	(N) Bicicleta
54	做	做	zuò	(VT) Hacer
55	足球	足球	zúqiú	(N) Fútbol

(二) Vocabulario de los ejercicios 一般練習生詞 (一般练习生词)

編號	漢字 Caracteres tradicionales	简体字 Caracteres simplificados	拼音 （拼音） Pinyin	解釋 （解释） Significado
1	報	报	bào	(N) Periódico
2	後	后	hòu	(P) Después de
3	畫報	画报	huàbào	(N) Revista ilustrada
4	會	会	huì	(V.Aux.) Poder, saber, ser capaz
5	家人	家人	jiārén	(N) Familia
6	來	来	lái	(VI) Venir
7	說	说	shuō	(VT) Decir, hablar
8	事	事	shì	(N) Cosa, asunto, suceso,
9	小紅	小红	Xiǎohóng	(N) Xiaohong (f.)
10	小美	小美	Xiǎoměi	(N) Xiaomei (f.)
11	小真	小真	Xiǎozhēn	(N) Xiaozhen (f.)
12	下午	下午	xiàwǔ	(N) Por la tarde

三、 Ejercicios de Gramática 語法練習（语法练习）

 Uso de los verbos auxiliares de deseo "xiǎng" 想 y "yào" 要 （能愿动词「要」、「想」的用法）

Los verbos auxiliares de deseo 要 (yào) y 想 (xiǎng) siempre se colocan delante del verbo principal y el conjunto forma una perífrasis verbal. Equivale al español "querer o desear + verbo en infinitivo" o "ir a+infinitivo"). Se niega siempre con 不 , nunca con 沒，independientemente del tiempo: 不要 , 不想 .

能願動詞「要」、「想」經常放在動詞性成分的前面，表示「意志」或「願望」，否定式是「不要」、「不想」。

（能愿动词「要」、「想」经常放在动词性成分的前面，表示「意志」或「愿望」，否定式是「不要」、「不想」。）

S	（不）要 / 想 （不）要 / 想）	VO
你 （你） 我 （我） 妹妹 （妹妹） 我們 （我们） 李明 （李明）	要 (要)/ 想 (想) 要 (要) 不要 (不要) 想 (想) 不想 (不想)	做什麼？（做什么？） 打棒球。（打棒球。） 踢足球。（踢足球。） 聽音樂。（听音乐。） 看電影。（看电影。）

Notas: 1. 要 yào puede funcionar como el verbo general y constituye una forma como(V+N), por ejemplo 我要啤酒。wǒ yào píjiǔ.（Quiero cerveza）

2. 想 xiǎng puede funcionar como el verbo general y constituye una forma como 「V + N」. Significa： pensar en, echar de menos. Por ejemplo 我想家。Wǒ xiǎng jiā.（Echo de menos a mi familia）

3. Según el grado, se puede añadir los adverbios「很、不太、不、很不」antes del verbo 想 xiǎng formando 很想、不太想、不想、很不想」；pero el verbo「要」no se permite hacer eso.

補充：

1. 動詞「要」可以當一般動詞，構成「V + N」形式。例如：我要啤酒。

（1. 动词「要」可以当一般动词，构成「V + N」形式。例如：我要啤酒。）

2. 動詞「想」 可以當一般動詞，構成「V + N」形式，意思是「想念」。例如：我想媽媽。

（2. 动词「想」 可以当一般动词，构成「V + N」形式，意思是「想念」。例如：我想妈妈。）

3. 動詞「想」依程度不同，可以在前面加上「很、不太、不、很不」等副詞，成為「很想、不太想、不想、很不想」等形式；動詞「要」則不可。

（3. 动词「想」依程度不同，可以在前面加上「很、不太、不、很不」等副词，成为「很想、不太想、不想、很不想」等形式；动词「要」则不可。）

Práctica: Cambia estas oraciones a su forma negativa.
試試看：改成否定形式（试试看：改成否定形式）

Ejemplo 例（例）：

張玲要打棒球。→ [張玲不要打棒球。]

张玲要打棒球。→ [张玲不要打棒球。]

1. 胡安要踢足球。→ [　　　　　　　　　　　　　　　　　　　　　　。]

1. 胡安要踢足球。→ [　　　　　　　　　　　　　　　　　　　　　　。]

2. 你想看電影嗎？→ [　　　　　　　　　　　　　　　　　　　　　　？]

2. 你想看电影吗？→ [　　　　　　　　　　　　　　　　　　　　　　？]

3. 立德想聽音樂。→ [　　　　　　　　　　　　　　　　　　　　　　。]

3. 立德想听音乐。→ [　　　　　　　　　　　　　　　　　　　　　　。]

4. 你要不要去慢跑？→ [　　　　　　　　　　　　　　　　　　　　？]

4. 你要不要去慢跑？→ [　　　　　　　　　　　　　　　　　　　　？]

5. 他想喝啤酒嗎？→ [　　　　　　　　　　　　　　　　　　　　　？]

5. 他想喝啤酒吗？→ [　　　　　　　　　　　　　　　　　　　　　？]

 Uso del verbo（不）喜歡
「（不）喜歡 VO」的用法　（「（不）喜欢 VO」的用法）

喜歡 es otro verbo auxiliar, por lo que lleva a continuación un verbo con su complemento correspondiente: " 喜　歡 V-Compl.". Equivale a la perífrasis del español "gustar + verbo en infinitivo". P.ej.: 我喜歡聽音樂（´me gusta escuchar música`). Al igual que los demás verbos auxiliares mencionados anteriormente, se niega siempre con　不 :" 不　喜　歡 ". En la forma interrogativa, se puede utilizar " 喜（歡）不喜歡…？"o " 喜歡…嗎？". Fíjate bien en los siguientes ejemplos：

動詞「喜歡」的賓語可以是動詞性成分，構成「喜歡 VO」形式，稱為動詞賓語句。否定式是「不喜歡」，疑問句可以使用「喜（歡）不喜歡…？」形式或「喜歡…嗎？」形式。句型如下：

（动词「喜欢」的宾语可以是动词性成分，构成「喜欢 VO」形式，称为动词宾语句。

否定式是「不喜欢」，疑问句可以使用「喜（欢）不喜欢…？」形式或「喜欢…吗？」形式。
句型如下：)

S	（不）要/想 （不）要/想	VO
你（你）	喜歡（喜欢）	做什麼？（做什么？）
我（我）	喜歡（喜欢）	打棒球。（打棒球。）
妹妹（妹妹）	不喜歡（不喜欢）	做什麼？（做什么？）
妹妹（妹妹）	不喜歡（不喜欢）	聽音樂。（听音乐。）
李明（李明）	喜歡不喜歡（喜欢不喜欢）	看電影。（看电影。）
李明（李明）	喜歡（喜欢）	看電影嗎？（看电影吗？）

Nota：xǐhuān 喜歡 (gustar), al igual que en español, puede funcionar también como un verbo transitivo y llevar a continuación un complemento directo. P:ej.: 我喜歡中文，他很喜歡你。補充：動詞「喜歡」可以當一般動詞，構成「V + N」形式。例如：「我喜歡中文」。
（补充：动词「喜欢」可以当一般动词，构成「V + N」形式。例如：「我喜欢中文」。）

 Práctica: Construye oraciones utilizando sólo las palabras propuestas.
試試看：請寫出正確的句子　（试试看：请写出正确的句子）

Ejemplo 例（例）：

不 / 電影 / 看 / 喜歡 → 我不喜歡看電影。
....
不 / 电影 / 看 / 喜欢 → 我不喜欢看电影。
——
1. 喜歡 / 慢跑 / 不 / 喜歡 → 你　　　　　　　　　　　　　　　　？
....
1. 喜欢 / 慢跑 / 不 / 喜欢 → 你　　　　　　　　　　　　　　　　？
——
2. 足球 / 喜歡 / 踢 / 不 → 中平　　　　　　　　　　　　　　　。
....
2. 足球 / 喜欢 / 踢 / 不 → 中平　　　　　　　　　　　　　　　。
——
3. 聽 / 嗎 / 喜歡 / 音樂 → 老師　　　　　　　　　　　　　　　？
....
3. 听 / 吗 / 喜欢 / 音乐 → 老师　　　　　　　　　　　　　　　？
——
4. 唱 / 不喜歡 / 喜歡 / 歌 → 你　　　　　　　　　　　　　　　？
....
4. 唱 / 不喜欢 / 喜欢 / 歌 → 你　　　　　　　　　　　　　　　？
——
5. 不 / 打 / 喜歡 / 棒球 → 他　　　　　　　　　　　　　　　。
....
5. 不 / 打 / 喜欢 / 棒球 → 他　　　　　　　　　　　　　　　。

Nota：Según el grado, se pueden añadir los adverbios "hěn", "bú tài ", "bù", hěn bù " antes de xǐhuān:hěn xǐhuān (很喜歡), bú tài xǐhuān（不太喜歡）, bù xǐhuān（不喜歡）, hěn bù xǐhuān（很不喜歡）.

補充：動詞「喜歡」依程度不同，可以在前面加上「很、不太、不、很不」等副詞，成為「很 喜歡、不太喜歡、不喜歡、很不喜歡」等形式。

（补充：动词「喜欢」依程度不同，可以在前面加上「很、不太、不、很不」等副词，成为「很 喜欢、不太喜欢、不喜欢、很不喜欢」等形式。）

 ## Uso de "Compl. + Suj. + V"
「O＋N(SN)＋(V)」的用法（「O＋N(SN)＋(V)」的用法）

El objeto sustantivo(N/SN) que está después del verbo se puede trasladar al comienzo de la frase formando una oración precedida. La frase es siguiente：

動詞後的名詞賓語 (N/SN) 可以移到句首的位置，形成「主題句」形式。 句型如下：

（动词后的名词宾语 (N/SN) 可以移到句首的位置，形成「主题句」形式。 句型如下：）

SN = Tema + PV en lugar de SN + VO

N(SN)+VA / V+(V)O	(V)O+N(SN)+VA / V
我喜歡中國電影。（我喜欢中国电影。）	中國電影我喜歡。（中国电影我喜欢。）
我很喜歡啤酒。（我很喜欢啤酒。）	啤酒我很喜歡。（啤酒我很喜欢。）
我不太喜歡音樂。（我不太喜欢音乐。）	音樂我不太喜歡。（音乐我不太喜欢。）
我不喜歡騎自行車。（我不喜欢骑自行车。）	騎自行車我不喜歡。（骑自行车我不喜欢。）

 Práctica: Transforma las siguientes frases siguiendo el modelo y léelas.
試試看：改成主題句後唸出來（試試看：改成主题句后念出来）

Ejemplo 例（例）：

張玲不喜歡棒球。 → [棒球張玲不喜歡。]

张玲不喜欢棒球。 → [棒球张玲不喜欢。]

1. 我很喜歡西班牙電影。 → [。]

1. 我很喜欢西班牙电影。 → [。]

2. 老師不太喜歡足球。 → [？]

2. 老师不太喜欢足球。 → [？]

3. 他的同事不喜歡自行車。 → [。]

3. 他的同事不喜欢自行车。 → [。]

4. 我不聽音樂。 → [？]

4. 我不听音乐。 → [？]

5. 你看畫報 (Revisa ilustrada) 嗎？ → [？]

5. 你看画报 (Revisa ilustrada) 吗？ → [？]

Uso de "去 / 來 (+ lugar) + V-Compl."
連動式「去 / 來（＋地點）＋ VO」的用法
（连动式「去 / 来（＋地点）＋ VO」的用法）

Después del "sujeto + qù 去 / lái 來 + Lugar" se puede añadir otro componente "Verbo-Compl." para expresar la finalidad. P.ej.: 我 去 KTV 唱 歌 (voy al karaoke a cantar). Es una de las llamadas "construcciones de verbos en serie". Fíjate en las siguientes oraciones:

動詞「去」或「來」的後面可以加另外一個動詞性成分，表示「目的」，句型如下：

（动词「去」或「来」的后面可以加另外一个动词性成分，表示「目的」，句型如下：）

來 / 去（来 / 去）	L	VO
去（去） 來（来）	KTV（KTV） 學校（学校） 我家（我家）	唱歌（唱歌） 打棒球（打棒球） 喝啤酒（喝啤酒）

Práctica: Contesta a las siguientes preguntas
試試看：請回答下列問題（试试看：请回答下列问题）

Ejemplo 例（例）：

立德今天早上去哪裡？他早上去學校打棒球。

立德今天早上去哪里？他早上去学校打棒球。

1. 你今天去哪裡？ 。

1. 你今天去哪里？ 。

2. 張玲週末去哪裡？ 。

2. 张玲周末去哪里？ 。

3. 中平下午想做什麼？   。
....
3. 中平下午想做什么？   。
_____

4. 你今天想來我家看電影嗎？   。
....
4. 你今天想来我家看电影吗？   。
_____

5. 你早上來學校做什麼？   。
....
5. 你早上来学校做什么？   。
_____

Uso del adverbio "都"
副詞「都」的用法（副词「都」的用法）

El adverbio 都 se coloca delante del verbo. Admite dos formas negativas: 1. 不 + 都 , parcial: no todos (algunos sí)； 2. 都 + 不 , total: todos no = ninguno, nadie. Fíjate en las siguientes oraciones:

副詞「都」出現在動詞之前，否定形式有兩種，一種是「不」加在「都」之前，表示部分否定；另一種是「不」加在「都」之後，表示完全否定。句型如下：

副词「都」出现在动词之前，否定形式有两种，一种是「不」加在「都」之前，表示部分否定；另一种是「不」加在「都」之后，表示完全否定。句型如下：

立德喜歡運動（立德喜欢运动） 胡安也喜欢运动（胡安也喜欢运动）	→他們都喜歡運動 （他们都喜欢运动）
爸爸不喜歡打棒球（爸爸不喜欢打棒球） 哥哥不喜歡打棒球（哥哥不喜欢打棒球）	→我的家人都不喜歡打棒球 （我的家人都不喜欢打棒球）
小真不會說英語（小真不会说英语） 小美不會說英語（小美不会说英语）	→我的朋友都不會說英語 （一我的朋友都不会说英语）

Práctica: Combina las dos oraciones utilizando "都", "不都" y "都不":
試試看：用「不都」、「都」或「都不」將兩句合併成一句

（試試看：用「不都」、「都」或「都不」將兩句合并成一句）

Ejemplo 例（例）：

我喜歡唱歌。妹妹不喜歡唱歌。→ [我們不都喜歡唱歌。]
_____
我喜欢唱歌。妹妹不喜欢唱歌。→ [我们不都喜欢唱歌。]
_____

1. 中平喜歡慢跑。小紅也喜歡慢跑。→ [他們　　　　　　　　　　　　　　　　　　。]

1. 中平喜欢慢跑。小红也喜欢慢跑。→ [他们　　　　　　　　　　　　　　　　　　。]

2. **姊姊喜歡聽音樂。弟弟也喜歡聽音樂。**→ [我的家人　　　　　　　　　　　　　？]

2. 姊姊喜欢听音乐。弟弟也喜欢听音乐。→ [我的家人　　　　　　　　　　　　　？]

3. 李明喜歡踢足球。張玲不喜歡踢足球。→ [我的朋友　　　　　　　　　　　　　？]

3. 李明喜欢踢足球。张玲不喜欢踢足球。→ [我的朋友　　　　　　　　　　　　　？]

4. 很多西班牙人喜歡踢足球。胡安不喜歡踢足球。→ [西班牙人　　　　　　　　　？]

4. 很多西班牙人喜欢踢足球。胡安不喜欢踢足球。→ [西班牙人　　　　　　　　　？]

5. 李明不想喝啤酒。我也不想喝啤酒。→ [　　　　　　　　　　　　　　　　　？]

5. 李明不想喝啤酒。我也不想喝啤酒。→ [　　　　　　　　　　　　　　　　　？]

6. 我不要去馬德里，我的同事也不要去馬德里。→ [　　　　　　　　　　　　　？]

6. 我不要去马德里，我的同事也不要去马德里。→ [　　　　　　　　　　　　　？]

VI **Uso de " 因為 " y " 所以 " (causa-consecuencia)**
「因為…」、「所以…」、「因為…，所以…」的用法
（「因为…」、「所以…」、「因为…，所以…」的用法）

Tanto el 因為 como el 所以 son conjunciones. 因為 indica la causa (´como, porque`) y 所以 la consecuencia (´por tanto, por consiguiente`). Es posible utilizar solo una de ellas o las dos； Cuando el sujeto es el mismo, éste se puede mencionar una sola vez, en la primera o segunda oración, es decir, en la causa o en la consecuencia. Fíjate en las siguientes oraciones:

「因為」和「所以」都是連接詞，「因為」後接事情的原因，「所以」後接事情的結果，兩者可同時使用，也可以擇一使用；如果主語相同時，兩主語可以擇一使用。句型如下：

（「因为」和「所以」都是连接词，「因为」后接事情的原因，「所以」 后接事情的结果，两者可同时使用，也可以择一使用；如果主语相同时，两主语可以择一使用。句型如下：）

因為 (S)…， （因为 (S)…，）	所以 (S)…。 （所以 (S)…。）
因為最近我很忙，（因為最近我很忙，） 因為最近（我）很忙， （因為最近（我）很忙，） 最近我很忙，（最近我很忙，）	所以（我）很少慢跑。（所以（我）很少慢跑。） 我很少慢跑。（我很少慢跑。） 所以（我）很少慢跑。（所以（我）很少慢跑。）

Práctica: Contesta las siguientes preguntas con "yīnwèi" y "suǒyǐ":
試試看：請用「因為」和「所以」的句子回答下列問題
　（試试看：请用「因为」和「所以」的句子回答下列问题 ）

Ejemplo 例（例）：

A：你為什麼不常看西班牙電影？ B：因為這裡西班牙電影不多，所以我不常看電影。

A：你为什么不常看西班牙电影？ B：因为这里西班牙电影不多，所以我不常看电影。

1. A：你為什麼不喜歡唱歌？　　　 B：　　　　　　　　　　　　　　　　　　。

（1. A：你为什么不喜欢唱歌？　　　 B：　　　　　　　　　　　　　　　　　　。）

2. A：你為什麼最近很少看電影？ B：　　　　　　　　　　　　　　　　　　。

（2. A：你为什么最近很少看电影？ B：　　　　　　　　　　　　　　　　　　。）

3. A：你為什麼最近很少打棒球？ B：　　　　　　　　　　　　　　　　　　。

（3. A：你为什么最近很少打棒球？ B：　　　　　　　　　　　　　　　　　　。）

4. A：你為什麼不來我家看我？　 B：　　　　　　　　　　　　　　　　　　。

（4. A：你为什么不来我家看我？　 B：　　　　　　　　　　　　　　　　　　。）

5. A：你為什麼不喜歡運動？　　 B：　　　　　　　　　　　　　　　　　　。

（5. A：你为什么不喜欢运动？　　 B：　　　　　　　　　　　　　　　　　　。）

四、Descripción de los caracteres chinos
漢字說明（汉字说明）

En la clase anterior, hemmos conocido cuatro grupos de caracteres chinos, en esta lección, seguimos aprendiendo los otros dos

1.FALSOS PRÉSTAMOSO O PRÉSTAMOS HOMÓFONOS 假借字（jiǎ jiè zì）
　　Se producen por la confusión de caracteres distintos pero con la misma pronunciación（caracteres homófonos pero no homógrafos）. Las causas más frecuentes son：

—Erratas de escritores y copistas, ya sea por descuido o por simple ignorancia.

—Cambios en la pronunciación de los caracteres.

—Necesidad de expresar nuevos conceptos

Ejs：

胡（hú）Significado original: papada de vaca

Act. partícula interrogativa: "quién, cómo, por qué"

Adv.: irracional, insentato, caprichoso

難（nán）Originalmente: clase de ave

Act. :difícil, dificultad

2.CARACTERES DE EXTENSIÓN ETIMOLÓGICA 轉注（zhuǎnzhù）

Si en el caso anterior de los "falsos préstamos" un carácter contiene varios significados, en éstos nos encontramos con el fenómeno inverso: significantes o caracteres diferentes, pero que comparten generalmente una misma raíz, poseen el mismo significado.

Ejs：

父（fù）爸（bà）padre

老（lǎo）考（kǎo）vejez

的 (de) 之 (zhī) partícula gramatical

Estos pares de caracteres poseen combinaciones diferentes y a veces marcan diferencias de registro lingüístico：

父親（fù qīn）padre：reg.formal

爸爸（bàba）padre：reg.familiar

的 (de) partícula gramatical：reg.hablado

之 (zhī) partícula gramatical:reg.escrito o oculto

En otras ocasiones se les aplica un sentido figurado y, con el paso del tiempo, desembocan en significados o conceptos distintos, sin perder necesariamente el significado original. Así sucede en el ejemplo mencionado de 考 (kǎo) (vejez, longevidad）, que también puede significar examinar o verificar.

五、Audición 聽力練習（听力练习）🔊

I. Escucha el diálogo. ¿Qué has entendido?

II. Escucha el diálogo otra vez. Esta vez el diálogo se divide en tres partes. Selecciona la respuesta correcta según el contenido.

試試看：

I. 請聽一段對話，試試看，你聽到什麼。

II. 請再聽一次對話。這次對話將分成三段播放，請根據每段話內容，選出正確的答案。

（試試看：

I. 请听一段对话，试试看，你听到什么。

II. 请再听一次对话。这次对话将分成三段播放，请根据每段话内容，选出正确的答案。）

Parte1 第一段 （第一段）

1. 李明喜歡看什麼電影？（李明喜欢看什么电影）

a) 中國電影、西班牙電影。（中国电影、西班牙电影。）

b) 日本電影、台灣電影。（日本电影、台湾电影。）

c) 日本電影、西班牙電影。（日本电影、西班牙电影。）

2. 為什麼李明最近不常看電影？（为什么李明最近不常看电影？）

a) 他太累。（他太累。）

b) 他太忙。（他太忙。）

c) 他不太喜歡。（他不太喜欢。）

Parte 2 第二段 （第二段）

3. 馬克、李明都喜歡做什麼？（马克、李明都喜欢做什么？）

a) 慢跑。（慢跑。）

b) 騎自行車。（骑自行车。）

c) 去 KTV 唱歌。（去 KTV 唱歌。）

4. 馬克為什麼不喜歡慢跑？（马克为什么不喜欢慢跑？）

a) 他很忙。（他很忙。）

b) 他很累。（他很累。）

c) 慢跑太累。（慢跑太累。）

Parte3 第三段 （ 第三段）

5. 馬克、李明週末看什麼電影？（马克、李明周末看什么电影？）

a) 西班牙電影。（西班牙电影。）

b) 中國電影。（中国电影。）

c) 美國電影。（美国电影。）

6. 馬克、李明週末做什麼？（马克、李明周末做什么？）

a) 看電影、喝啤酒。（看电影、喝啤酒。）

b) 看電影、騎自行車。（看电影、骑自行车。）

c) 看電影、去 KTV 唱歌。（看电影、去 KTV 唱歌。）

六、 Ejercicios de combinación
綜合練習（綜合練習）

Vocabulario de ejercicios 綜合練習生詞（综合练习生词） 🔊

	漢字 Caracteres tradicionales	简体字 Caracteres simplificados	拼音（拼音） Pinyin	解釋（解释） Significado
1	衝浪	冲浪	chōng làng	(VO) Hacer surf
2	釣魚	钓鱼	diào yú	(VO) Pescar (peces)
3	高爾夫	高尔夫	gāoěrfū	(N) Golf
4	逛街	逛街	guàng jiē	(VO) Pasear por las calles
5	句型	句型	jùxíng	(N) Modelo de oración

6	籃球	篮球	lánqiú	(N) Baloncesto
7	排球	排球	páiqiú	(N) Voleibol
8	上	上	shàng	(VT) Subir; (Posp.) Sobre, encima, arriba
9	上網	上网	shàng wǎng	(VO) Navegar por Internet
10	網	网	wǎng	(N) Internet
11	游泳	游泳	yóu yǒng	(VO) Nadar

I ¿Qué deporte te gusta hacer generalmente?
你平常喜歡做什麼運動？（你平常喜欢做什么运动？）

A: 你平常喜歡做什麼？ B: 我喜歡 _____，我不喜歡 _____。
(A: 你平常喜欢做什么？ B: 我喜欢 _____，我不喜欢 _____。)

（騎自行車）
（骑自行车）

（慢跑）
（慢跑）

（踢足球）
（踢足球）

（打高爾夫球）
（打高尔夫球）

（打排球）
（打排球）

（游泳）
（游泳）

（打棒球）
（打棒球）

（打籃球）
（打篮球）

¿Qué te gusta hacer generalmente?
你平常喜歡做什麼？（你平常喜欢做什么？）

Formad un grupo de 4 personas y haced una entrevista a vuestros compañeros preguntándoles lo que les gusta hacer y lo que no. Luego rellenad el siguiente formulario y utilizad los términos y expresiones indicados para contar el resultado de la entrevista.

4 人一組，請根據以下的活動，訪問同學喜歡做什麼？不喜歡做什麼？再填入下列表格，並選擇下列句型敘述訪問的結果。

（4 人一組，请根据以下的活动，访问同学喜欢做什么？不喜欢做什么？再填入下列表格，并选择下列句型叙述访问的结果。）

喜不喜歡（喜不喜欢）	你（你）	學生 1（学生 1）	學生 2（学生 2）	學生 3（学生 3）
喜歡（喜欢）				
不喜歡（不喜欢）				
不太喜歡（不太喜欢）				

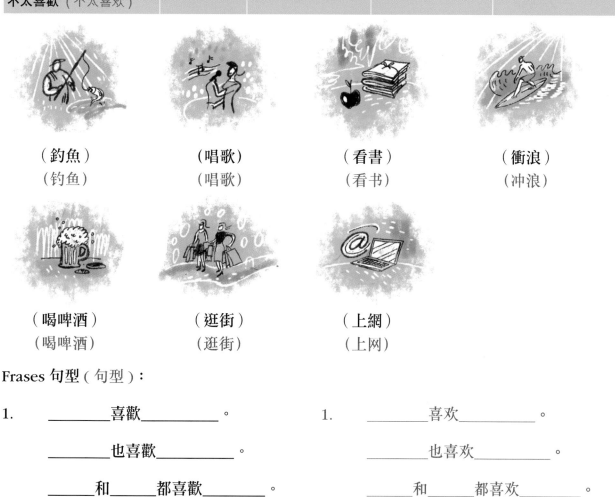

（釣魚）　　　　　（唱歌）　　　　　（看書）　　　　　（衝浪）
（钓鱼）　　　　　（唱歌）　　　　　（看书）　　　　　（冲浪）

（喝啤酒）　　　　（逛街）　　　　　（上網）
（喝啤酒）　　　　（逛街）　　　　　（上网）

Frases 句型（句型）：

1.　_____喜歡_____。　　　　1.　_____喜欢_____。

　　_____也喜歡_____。　　　　　_____也喜欢_____。

　　_____和_____都喜歡_____。　　　_____和_____都喜欢_____。

2. _____不喜歡_____。

_____也不喜歡_____。

____和____都不喜歡_____。

3. _____喜歡_____。

_____不喜歡_____。

_____和不都喜歡_____。

2. _____不喜欢_____。

_____也不喜欢_____。

____和____都不喜欢_____。

3. _____喜欢_____。

_____不喜欢_____。

_____和不都喜欢_____。

III **¿Qué plan tenéis tu compañero y tú? Uiliza el siguiente diálogo para invitarle a salir**

你和你的同學或朋友有什麼計畫？試用下面對話約他一起出去玩。

（你和你的同学或朋友有什么计画？试用下面对话约他一起出去玩。）

A: 你今天下午要做什麼？

B: _____

A: 你想不想跟我一起去_____？

B: 我不太喜歡_____我喜歡_____。

A: 你今天跟我們一起去_____，明天我們跟你一起去_____，好不好？

B: 好。

A: 你今天下午要做什么？

B: _____

A: 你想不想跟我一起去_____？

B: 我不太喜欢_____我喜欢_____。

A: 你今天跟我们一起去_____，明天我们跟你一起去_____，好不好？

B: 好。

IV Datos lingüísticos reales 真實語料（真实语料）

1. 請看看這是什麼運動？

（1. 请看看这是什么运动？）

2. 西班牙人也喜歡做這個運動嗎？請説説你喜歡做的事。

（2. 西班牙人也喜欢做这个运动吗？请说说你喜欢做的事。）

七、 Comprendiendo la cultura
從文化出發（从文化出发）

ACTIVIDADES DE OCIO
休閒活動（休闲活动）

La palabra "ocio" en chino es "xiuxián" (休閒), formada por dos caracteres. El primero es 休 (xiu), compuesto, a su vez, por人 rén (´persona`) y 木 mù (´madera`), lo que significa literalmente ´personas descansando junto a los árboles`. El segundo carácter es 閒 (xián), compuesto por 門 mén (´puerta`) y 月 yuè (´luna`); la imagen de la luna en el hogar simboliza el encuentro familiar y también los momentos de meditación en soledad. El carácter simplificado de "xián" es 闲 (´puerta + árbol`). El significado tradicional de "xiuxián" es ´barbecho`, y sólo recientemente esta palabra ha adquirido un significado totalmente nuevo para los chinos.

Las actividades de ocio suelen ser de lujo para los trabajadores en China, sobre todo entre semana, puesto que el horario laboral es largo y se tarda mucho en volver a casa por los atascos en las horas punta. Por lo tanto, las actividades de ocio en los días laborales, después del trabajo, normalmente son relajadas y tranquilas, como quedar con los amigos para tomar algo, comer en un restaurante o, simplemente, quedarse en casa jugando a las cartas o viendo programas o series de televisión.

A los jubilados, que tienen más tiempo libre, les gusta hacer ejercicio por la mañana, y practicar sobre todo el "taiji" (太極). Se juntan en un parque o plaza y ponen la música apropiada para practicarlo. Esta actividad típica de China se ha extendido también a muchos países occidentales.

En estos últimos años se ha puesto muy de moda el "Guangchangwu" (廣場舞) o baile, con música y altavoces, en las plazas; suelen ser canciones de moda y con mucho ritmo, y los bailes son sencillos para que cualquiera pueda unirse, disfrutar espiritualmente y, a la vez, hacer un poco de ejercicio físico.

Se aprecia claramente la influencia occidental en la sociedad china y, por tanto, también en las actividades de ocio. Los gimnasios y clubs privados comienzan a florecer en las grandes ciudades chinas. Muchos profesionales y trabajadores liberales acuden semanalmente al gimnasio o salen a correr al aire libre. Y, a su vez, hay cursos sobre cosechas ecológicas en granjas escuelas, sobre pesca, talleres sobre medicina oriental, etc., con lo que poco a poco se recuperan también actividades del estilo de vida rural.

Otro cambio se percibe en la vida nocturna, sobre todo en ciudades grandes como Beijing, Shanghai, Taipei, etc., donde se encuentran muchas zonas de copas. En algunos locales también se montan monólogos y representaciones de grupos de rock o jazz.

Algunos aficionados al fútbol, sobre todo los estudiantes universitarios, se juntan en bares o restaurantes, debido a que los partidos se ven habitualmente de madrugada, por la diferencia horaria.

Una actividad muy típica es ir al karaoke (卡拉OK). Ha estado muy de moda durante bastantes años y sigue siendo el sitio ideal para todo tipo de eventos. El término "karaoke" (卡拉OK) procede del Japón de los años 80, pero pronto se extendió también por Taiwán. En esos años las canciones populares chinas se difundieron rápidamente por todos los países del sudeste asiático. En el año 1990 comerciantes taiwaneses viajan a China continental y con ellos llevan canciones chinas de Taiwán, que se retransmiten por KTV, pasando así, a través de ellas, al continente abundante léxico y otras formas de expresión. Cualquier viajero que haya visitado China se habrá quedado sorprendido ante el gran número de locales de karaoke. Se puede encontrar un KTV en cualquier rincón de las ciudades y muchos abren 24 horas. Los amigos alquilan una habitación privada y cantan sin cesar desinhibidos, sin tener miedo a quedar en ridículo frente a los desconocidos. Se trata de un espacio reservado, donde pueden relajarse, cantando, comiendo y bebiendo té o refrescos, y todo ello con un coste bajo, perfecto para los estudiantes.

A principio de los años 90, se hizo muy popular la canción Quiero ir a Guilin. Una de sus estrofas decía: Quiero ir a Guilin, pero cuando tengo dinero, no tengo tiempo; quiero ir a Guilin, sin embargo, cuando tengo tiempo no tengo dinero. Esta canción expresaba el sentimiento de mucha gente de tener a la vez tiempo y dinero. A medida que la economía china ha ido creciendo y sus habitantes disponen de mayor poder adquisitivo, los chinos han pasado de una época en la que se saludaban mutuamente con un "¿has comido?", al "¿a dónde vas a viajar?" actual.

Con el anterior sistema, durante las llamadas "semanas de oro" se colapsaban los supermercados y los centros comerciales, las tiendas ponían rebajas y la gente no sabía cómo pasar las vacaciones si no era comprando y gastando dinero desenfrenadamente. Ahora es diferente, y cada vez se visitan más las bibliotecas, museos, galerías de arte y espacios públicos. Un fin de semana en Beijing, se puede ver a mucha gente leyendo libros en la librería de Xidan o viendo una obra en el Teatro Nacional o en las puertas de los museos con entrada libre haciendo largas colas. Las teterías, los bares con exposiciones itinerantes de cerámica u otros objetos, se han generalizado también entre los chinos modernos.

Ya no sólo se realizan viajes organizados -durmiendo en el propio autobús y sacando fotos deprisa y corriendo-, sino que ahora también se viaja con el propio coche, y se hacen excursiones alternativas, escapadas a lugares exóticos, etc.

A principios de los años 90 los chinos pasaban los fines de semana viendo la tele, jugando a las cartas o paseando por el parque. Ahora en las ciudades hay muchas formas de entretenimiento para elegir, desde clubs tipo karaoke o salones para jugar al "majiang" (麻將), a bares o discotecas.

Y no importa cuánto cambien las costumbres de los nuevos chinos, para ellos la familia sigue siendo una parte importante de la vida, y ahora también del tiempo de ocio.

第四課 複習（第四课 复习）
Repaso

I. Lectura 閱讀（阅读）

Lee el siguiente texto y responde a las preguntas
請閱讀下列短文後回答問題（请阅读下列短文后回答问题）

A: Zhongping y Marco 中平和馬克（中平和马克）

中平姓王，叫王中平，他是中國北京人，他的學校在上海。中平平常喜歡打棒球和慢跑，可是他最近很忙，所以很少慢跑。馬克姓方，他是西班牙馬德里人，他的學校在巴賽隆納。他也喜歡做運動，可是打棒球他不太喜歡，他喜歡踢足球，也喜歡慢跑。

中平姓王，叫王中平，他是中国北京人，他的学校在上海。中平平常喜欢打棒球和慢跑，可是他最近很忙，所以很少慢跑。马克姓方，他是西班牙马德里人，他的学校在巴赛隆纳。他也喜欢做运动，可是打棒球他不太喜欢，他喜欢踢足球，也喜欢慢跑。

 Preguntas 問題（问题）

1. 中平姓王，馬克呢？（中平姓王，马克呢？）

....

2. 他是中國哪裡人？（他是中国哪里人？）

....

3. 他的學校在哪裡？（他的学校在哪里？）

....

4. 他平常喜歡做什麼？（他平常喜欢做什么？）

....

5. 他最近忙不忙？（他最近忙不忙？）

....

6. 他最近為什麼很少慢跑？（他最近为什么很少慢跑？）

....

7. 馬克是不是西班牙人？（马克是不是西班牙人？）

....

8. 他的學校在馬德里嗎？（他的学校在马德里吗？）

....

9. 他喜不喜歡做運動？（他喜不喜欢做运动？）

....

10. 打棒球他喜不喜歡？（打棒球他喜不喜欢？）

....

B: Lide y Xiaozhen 立德和小真（立德和小真）

立德是西班牙人，姓林。他家在馬德里，可是他的學校在巴塞隆納，他家有六個人，有爸爸、媽媽、一個哥哥和兩個姐姐，沒有弟弟、妹妹。他平常喜歡看日本電影和中國電影，西班牙電影他也喜歡。他有一個朋友，她叫小真，小真喜歡看美國電影，可是她不常看西班牙電影，因為在台灣西班牙電影不多。

立德是西班牙人，姓林。他家在马德里，可是他的学校在巴塞隆纳，他家有六个人，有爸爸、妈妈、一个哥哥和两个姐姐，没有弟弟、妹妹。他平常喜欢看日本电影和中国电影，西班牙电影他也喜欢。他有一个朋友，她叫小真，小真喜欢看美国电影，可是她不常看西班牙电影，因为在台湾西班牙电影不多。

 Preguntas 問題 (问题)

1. 立德家在哪裡？（立德家在哪里？）

2. 他的學校在馬德里嗎？（他的学校在马德里吗？）

3. 他家有幾個人？（他家有几个人？）

4. 他有幾個姐姐？（他有几个姐姐？）

5. 他有沒有弟弟？（他有没有弟弟？）

6. 他平常喜歡看什麼電影？（他平常喜欢看什么电影？）

7. 他的朋友叫什麼名字？（他的朋友叫什么名字？）

8. 小真平常喜歡看日本電影嗎？（小真平常喜欢看日本电影吗？）

....

9. 為什麼小真不常看西班牙電影？（为什么小真不常看西班牙电影？）

....

C:Zhang Ling y Li Ming 張玲和李明（张玲和李明）

張玲和李明是同事，李明是西班牙人，張玲是上海人，他們都在中國上海。他們最近都很好，可是很忙。李明平常喜歡看電影、聽音樂，也喜歡喝啤酒，不喜歡唱歌，因為他唱歌很難聽，可是週末他要和張玲一起去 KTV 唱歌。

张玲和李明是同事，李明是西班牙人，张玲是上海人，他们都在中国上海。他们最近都很好，可是很忙。李明平常喜欢看电影、听音乐，也喜欢喝啤酒，不喜欢唱歌，因为他唱歌很难听，可是周末他要和张玲一起去 KTV 唱歌。

Preguntas 問題（问题）

1. 張玲是李明的朋友嗎？（张玲是李明的朋友吗？）

....

2. 李明是哪國人？（李明是哪国人？）

....

3. 張玲是不是中國人？（张玲是不是中国人？）

....

4. 他們在哪裡？（他们在哪里？）

....

5. 張玲最近忙不忙？（张玲最近忙不忙？）

....

6. 李明忙不忙？（李明忙不忙？）

....

7. 李明為什麼不喜歡唱歌？（李明为什么不喜欢唱歌？）

....

8. 他平常喜歡做什麼？（他平常喜欢做什么？）

....

9. 他週末想做什麼？（他周末想做什么？）

....

II. Ejercicios de audición 聽力練習（听力练习）🔊

I. Escucha el diálogo. ¿Qué has entendido?

II. Escucha el diálogo otra vez. Esta vez el diálogo se divide en tres partes. Selecciona la respuesta correcta según el contenido.

試試看：

I. 請聽一段對話，試試看，你聽到什麼。

II. 請再聽一次對話。這次對話將分成三段播放，請根據每段話內容，選出正確的答案。

（試試看：

I. 请听一段对话，试试看，你听到什么。

II. 请再听一次对话。这次对话将分成三段播放，请根据每段话内容，选出正确的答案。）

A: Zhang Ling y Li Ming　張玲和李明（张玲和李明）

Parte1 第一段　（第一段）

1. 李明是西班牙哪裡人？（李明是西班牙哪里人？）

a) 馬德里。（马德里。）

b) 東京。（东京。）

c) 巴塞隆納。（巴塞隆纳。）

2. 李明家有幾個人？（李明家有几个人？）

a) 三個人。（三个人。）

b) 四個人。（四个人。）

c) 五個人。（五个人。）

Parte 2　第二段（第二段）

3. 李明妹妹的學校在哪裡？（李明妹妹的学校在哪里？）

a) 在西班牙。（在西班牙。）

b) 在美國。（在美国。）

c) 在中國。（在中国。）

4. 張玲家在哪裡？（张玲家在哪里？）

a) 在日本。（在日本。）

b) 在美國。（在美国。）

c) 在上海。（在上海。）

Parte 3　第三段（第三段）

5. 張玲家有爸爸、媽媽，還有誰？（张玲家有爸爸、妈妈，还有谁？）

a) 弟弟。（弟弟。）

b) 哥哥。（哥哥。）

c) 姊姊。（姊姊。）

6. 李明喜歡什麼運動？（李明喜欢什么运动？）

a) 他喜歡踢足球。（他喜欢踢足球。）

b) 他喜歡騎自行車。（他喜欢骑自行车。）

c) 他喜歡慢跑。（他喜欢慢跑。）

7. 張玲和李明週末要一起做什麼？（张玲和李明周末要一起做什么？）

a) 他們要一起去慢跑。（他们要一起去慢跑。）

b) 他們要一起去看中國電影。（他们要一起去看中国电影。）

c) 他們要一起去打球。（他们要一起去打球。）

B: Zhongping y Mark　中平和馬克（中平和马克）

Parte1　第一段　（第一段）
1. 馬克好嗎？（马克好吗？）

a) 他很好。（他很好。）

b) 他不好。（他不好。）

c) 他不太好。（他不太好。）

2. 中平好嗎？（中平好吗？）

a) 他很忙。（他很忙。）

b) 他很累。（他很累。）

c) 他不好。（他不好。）

Parte 2　第二段　（第二段）
3. 中平天天都做什麼？（中平天天都做什么？）

a) 他天天都去看電影。（他天天都去看电影。）

b) 他天天都慢跑。（他天天都慢跑。）

c) 他天天都打棒球。（他天天都打棒球。）

4. 中平唱歌好聽嗎？（中平唱歌好听吗？）

a) 中平唱歌很好聽。（中平唱歌很好听。）

b) 中平喜歡唱歌。（中平喜欢唱歌。）

c) 中平唱歌很難聽。（中平唱歌很难听。）

Parte 3 第三段（第三段）

5. 馬克想去看什麼電影？（马克想去看什么电影？）

a) 他想去看西班牙電影。（他想去看西班牙电影。）

b) 他想去看中國電影。（他想去看中国电影。）

c) 他想去看美國電影。（他想去看美国电影。）

6. 中平喜不喜歡西班牙電影（中平喜不喜欢西班牙电影）

a) 中平喜歡西班牙電影。（中平喜欢西班牙电影。）

b) 中平不喜歡西班牙電影。（中平不喜欢西班牙电影。）

c) 中平不喜歡看電影。（中平不喜欢看电影。）

C: Lide y Xiaozhen　立德和小真（立德和小真）

Parte1 第一段（第一段）

1. 立德姓什麼？（立德姓什么？）

a) 立德姓王。（立德姓王。）

b) 立德姓林。（立德姓林。）

c) 立德姓馬。（立德姓马。）

2. 小真姓什麼？（小真姓什么？）

a) 小真姓林。（小真姓林。）

b) 小真姓王。（小真姓王。）

c) 小真姓張。（小真姓张。）

Parte 2 第二段（第二段）

3. 小真家在哪裡？（小真家在哪里？）

a) 小真家在馬德里。（小真家在马德里。）

b) 小真家在臺北。（小真家在台北。）

c) 小真家在臺中。（小真家在台中。）

4. 小真家有幾個人？（小真家有几个人？）

a) 小真家有六個人。（小真家有六个人。）

b) 小真家有八個人。（小真家有八个人。）

c) 小真家有七個人。（小真家有七个人。）

5. 小真有幾個妹妹？（小真有几个妹妹？）

a) 小真有兩個妹妹。（小真有两个妹妹。）

b) 小真有四個妹妹。（小真有四个妹妹。）

c) 小真有三個妹妹。（小真有三个妹妹。）

Parte 3 第三段（第三段）

6. 小真平常喜歡做什麼？（小真平常喜欢做什么？）

a) 小真喜歡去 KTV 唱歌。（小真喜欢去 KTV 唱歌。）

b) 小真喜歡看美國電影。（小真喜欢看美国电影。）

c) 小真喜歡在家唱歌。（小真喜欢在家唱歌。）

6. 小真喜歡做什麼運動？（小真喜欢做什么运动？）

a) 小真喜歡和朋友一起打棒球。（小真喜欢和朋友一起打棒球。）

b) 小真喜歡和朋友一起踢足球。（小真喜欢和朋友一起踢足球。）

c) 小真不喜歡做運動。（小真不喜欢做运动。）

Vocabulario 生詞（生词）🔊

	漢字 Caracteres tradicionales	简体字 Caracteres simplificados	拼音（拼音） Pinyin	解釋（解释） Significado
1	大	大	dà	(VE) Ser grande
2	大家	大家	dàjiā	(N) Todos
3	大學	大学	dàxué	(N) Universidad
4	但是	但是	dànshì	(Conj.) Pero, sin embargo
5	非常	非常	fēicháng	(Adv.) Extraordinariamente, especialmente
6	復習	复习	fùxí	(VT) Repasar
7	漢學	汉学	Hànxué	(N) Estudios chinos, Sinología
8	漢學系	汉学系	Hànxuéxì	(N) Facultad de Sinología
9	及	及	jí	(Conj) Y
10	介紹	介绍	jièshào	(VT) Presentar; Explicar
11	就是	就是	jiùshì	(Adv.+VC) Ser exactamente
12	林天和	林天和	Lín Tiānhé	(N) Lin Tianhe
13	每天	每天	měitiān	(N) Todos los días, cada día
14	誰	谁	shuí / shéi	(Pron.) ¿Quién?
15	晚	晚	wǎn	(VE) Ser tarde
16	系	系	xì	(N) Departamento, facultad
17	現在	现在	xiànzài	(Adv.) Ahora
18	一下	一下	yíxià	(Adv.) Un momento
19	一樣	一样	yíyàng	(VE) Ser igual, el mismo
20	怎麼	怎么	zěnme	(Pron.) ¿Cómo?
21	自己	自己	zìjǐ	(N) Uno mismo, propio

Ⅲ. Actividades 活動（活动）

A: Ejercicios de Pinyin 拼音練習（拼音练习）

Escucha al profesor recitar esta canción y luego léela con él. A continuación escribe el pinyin en la parte superior de cada carácter.
請聽老師朗誦一次這首歌，跟老師一起朗誦一次。然後請試著把拼音寫在字的上方。 （请听老师朗诵一次这首歌，跟老师一起朗诵一次。然后请试著把拼音写在字的上方。 ）

一二三四五六七，   （一二三四五六七，

你的朋友在哪裡？   你的朋友在哪里？

在這裡，在這裡，我的朋友在這裡。 在这里，在这里，我的朋友在这里。

一二三四五六七，   一二三四五六七，

你的朋友在哪裡？   你的朋友在哪里？

在這裡，在這裡，我的朋友就是你。 在这里，在这里，我的朋友就是你）

B: Tarjeta de visita 名片（名片）

1. Lee la siguiente presentación y busca la tarjeta de visita correspondiente.
請看下面介紹，找出對應的名片。 （请看下面介绍，找出对应的名片。 ）

　　大家好，我介紹一下自己，我姓林，叫林天和，我是中國人，我家在北京，但是我現在在西班牙康普頓斯大學學習，是康普頓斯大學的學生。我的課很多，每天我都要去漢學系上課，我也常常去運動，我喜歡慢跑，所以我非常忙。

　　（大家好，我介绍一下自己，我姓林，叫林天和，我是中国人，我家在北京，但是我现在在西班牙康普顿斯大学学习，是康普顿斯大学的学生。我的课很多，每天我都要去汉学系上课，我也常常去运动，我喜欢慢跑，所以我非常忙。 ）

a:

康 普 頓 斯 大 學 漢 學 系

博士生

林 天 和

Clalle 26, 69117 Madrid, España

06221.588.926

c:

中國北京大学经济系

马 汉 运 教授

中国北京市海淀区颐和园路5号
邮编：100871
电邮：yunhanma@pku.edu.cn

上海贸易公司

张平

上海市静安区北京西路1232号6楼
办公室：086-21-62893233
手提电话：013764105169
电邮：Zhangping@shanghaimaoyi.com

d:

b:

2. Lee otra vez el texto y conteste las siguientes preguntas.

請再看一次短文，回答下列問題。（请再看一次短文，回答下列问题。）

a. 他姓什麼？（他姓什么？）

b. 他叫什麼名字？（他叫什么名字？）

c. 他是哪國人？（他是哪国人？）

d. 他家在哪裡？（他家在哪里？）

e. 他忙不忙？（他忙不忙？）

f. 他是不是老師？（他是不是老師？）

C: Diálogo entre Dongmei y tú 你和東美的對話（你和东美的对话）

Haz un diálogo con Dongmei y escribe la respuesta adecuada.
請試著和東美對話，填上適當的回答。（请试著和东美对话，填上适当的回答。）

東美：你喜歡看電影嗎？（东美：你喜欢看电影吗？）

你（你）：＿＿＿＿＿＿＿＿＿＿＿＿＿＿＿＿＿＿＿＿

東美：我也很喜歡。你常常看電影嗎？（东美：我也很喜欢。你常常看电影吗？）

你（你）：＿＿＿＿＿＿＿＿＿＿＿＿＿＿＿＿＿＿＿＿

東美：晚上我和我朋友要去看電影，（东美：晚上我和我朋友要去看电影，）

＿＿＿＿＿＿＿＿＿＿＿＿＿＿＿＿＿＿

你：我想去。（你：我想去。）＿＿＿＿＿＿＿＿＿＿＿＿＿＿＿＿

東美：我們要看中國電影。你喜歡看中國電影嗎？（东美：我们要看中国电影。你喜欢看中国电影吗？）

你（你）：（你）

東美：為什麼不喜歡？（东美：为什么不喜欢？）

你（你）：＿＿＿＿＿＿＿＿＿＿＿＿＿＿＿＿＿＿＿＿

東美：漢學系的學生都喜歡看中國電影嗎？（东美：汉学系的学生都喜欢看中国电影吗？）

你（你）：＿＿＿＿＿＿＿＿＿＿＿＿＿＿＿＿＿＿＿＿

東美：你喜歡看哪國電影？（东美：你喜欢看哪国电影？）

你（你）：＿＿＿＿＿＿＿＿＿＿＿＿＿＿＿＿＿＿＿＿

東美：法國電影（东美：法国电影）＿＿＿＿＿＿＿＿！

IV. Preguntas sobre Cultura
文化及問題討論 （文化及问题讨论）

A: Preguntas sobre Cultura 文化討論（文化讨论）

1. ¿Hay diferencias al saludar en español y en chino? ¿A qué tenemos que prestar especialmente atención?. ¿Por qué?
西班牙語和漢語在打招呼時有什麼不一樣？有什麼需要注意的地方？為什麼？（西班牙语和汉语在打招呼时有什么不一样？有什么需要注意的地方？为什么？）

2. ¿Qué diferencias hay entre las actividades de ocio de los españoles y de los chinos? ¿Se te ocurre cuál es la causa?
西班牙人、中國人和台灣人的休閒活動有什麼不同？你認為這些差異的原因何在？（西班牙人、中国人和台湾人的休闲活动有什么不同？你认为这些差异的原因何在？）

3. ¿Crees que hay ciertos temas tabú en las conversaciones de los españoles? ¿Y de los chinos? Pregunta a tus amigos chinos.
西班牙人在聊天時，有什麼不可以問的事？中國人呢？問問你的中國朋友（西班牙人在聊天时，有什么不可以问的事？中国人呢？问问你的中国朋友）

B: Autoevaluación 自我檢視（自我检视）

1. Generalidades sobre el chino 漢語概論（汉语概论）

a. ¿Cuáles son las diferencias entre la pronunciación del pinyin y la del español? Discute con tus compañeros y pon algunos ejemplos.
漢語拼音的發音和西班牙語有什麼特別不一樣的地方？請和同學討論，舉例說明。（汉语拼音的发音和西班牙语有什么特别不一样的地方？请和同学讨论，举例说明。）

b. ¿Puedes citar algunas características de los caracteres chinos? ¿A qué tenemos que prestar especial atención cuando los estudiamos?
漢字有什麼特色？學習漢字時應該特別注意什麼地方？（汉字有什么特色？学习汉字时应该特别注意什么地方？）

2. Técnicas de comunicación 溝通技巧（沟通技巧）

a. ¿Cómo se saluda a personas de distinta edad y/ o estatus social en diferentes franjas horarias del día?

你知道怎麼跟不同的人或在不同的時間打招呼嗎？（你知道怎么跟不同的人或在不同的时间打招呼吗？）

b. ¿Cómo te presentas a ti mismo ante un amigo o conocido y cómo le saludas?

你能向你的中國朋友介紹你自己並問候他嗎？（你能向你的中国朋友介绍你自己并问候他吗？）

c. ¿Cómo preguntas a tus amigos lo que les gusta hacer en su tiempo de ocio? Habla con ellos sobre las actividades de ocio o entretenimiento en diferentes países.

你能詢問你朋友的愛好或討論不同國家的人的休閒活動嗎？（你能询问你朋友的爱好或讨论不同国家的人的休闲活动吗？）

3. Gramática 語法（语法）

a. ¿Cuál es el orden de las partes de la oración en chino? Pon algunos ejemplos para explicarlo

漢語的語序如何？你可以用幾個句子說明嗎？（汉语的语序如何？你可以用几个句子说明吗？）

b. Construye algunas frases con la estructura "Suj. + 來 / 去 + Lugar + V- Compl."

請造幾個 S 來 / 去 ORT VP 句子。（请造几个 S 来 / 去 ORT VP 句子。）

c. ¿Qué diferencia hay entre xǐhuān 喜歡, yào 要 y xiǎng 想? Haz una frase con cada uno de ellos y tradúcela al español.

喜歡、要和想有什麼不一樣？請各造一個句子，並翻譯成西班牙語。（喜欢、要和想有什么不一样？请各造一个句子，并翻译成西班牙语。）

第五課 現在幾點？（第五课 现在几点？）
¿Qué hora es?

Objetivos de Aprendizaje 本課重點 （本课重点）

① Expresión para indicar el tiempo, el plan semanal y el tiempo para la cita.
討論時間的説法、週計畫的內容説明、約訂會面時間的對話（讨论时间的说法、周计画的内容说明、约订会面时间的对话）

② Horario, yào⊠dé⊠, advervio ránhòu
時刻表示法、要（得）＋VP、然後（时刻表示法、要（得）＋VP、然后）

③ Expresión de tiempo, como xiān...zài... ,yǒu
各類時間表示法、先…再…、有（各类时间表示法、先…再…、有）

④ cóng ... dào, jiàn/ jiàn miàn, pedir la opinión, hacer una propuesta con hǎo, xíng, kěyǐ ma
從…到…、見／見面、詢問意見…，好（行、可以）嗎（从…到…、见／见面、询问意见…，好（行、可以）吗）

一、Texto 課文（课文）🔊

Parte A ¿Qué hora es?
現在幾點？（现在几点？）

Situación: Zhongping se encuentra con su compañera Ana antes de clase y ésta quiere invitarle a cenar, pero Zhongping...

情境介紹：中平上課以前碰到同學安娜，安娜想和中平一起吃晚飯，可是中平…

（情境介紹：中平上課以前碰到同学安娜，安娜想和中平一起吃晚饭，可是中平…）

中平：請問現在幾點？

安娜：現在兩點零二分。你幾點上課？

中平：我兩點十五分上課。

安娜：你幾點下課？

中平：四點。

安娜：你要不要跟我一起吃晚飯？

中平：對不起，今天我很忙，我四點半
　　　要先去看書，然後六點再去打工。

安娜：太可惜了！那你幾點吃晚飯？

中平：我九點半以後再吃晚飯。

中平：请问现在几点？

安娜：现在两点零二分。你几点上课？

中平：我两点十五分上课。

安娜：你几点下课？

中平：四点。

安娜：你要不要跟我一起吃晚饭？

中平：对不起，今天我很忙，我四点半
　　　要先去看书，然后六点再去打工。

安娜：太可惜了！那你几点吃晚饭？

中平：我九点半以后再吃晚饭。

Preguntas 問題（问题）

1. 中平幾點上課？（中平几点上课？）

....

2. 中平和安娜一起吃晚飯嗎？（中平和安娜一起吃晚饭吗？）

....

3. 中平六點要做什麼？（中平六点要做什么？）

....

4. 中平幾點吃晚飯？（中平几点吃晚饭？）

....

Parte B Un plan de Lide
立德的一週計畫表（立德的一周计画表）

Situación: Xiaozhen quiere invitar a Lide a cenar, pero él ya tiene otro plan, por lo que no tiene más remedio que dejar un mensaje a Xiaozhen para quedar otro día.

情境介紹：小真想約立德一起吃晚飯，但是立德看了他的計畫表已經幾乎排滿了，只能寫一張字條給小真另約吃飯的時間。（小真想约立德一起吃晚饭，但是立德看了他的计画表已经几乎排满了，只能写一张字条给小真另约吃饭的时间。）

六月

日	9	10	11	12	13	14	15
星期	一	二	三	四	五	六	日
06:00							05:30 起床（和朋友去爬山）
07:00							
08:00							
09:00							
10:00	中文課	中文課	中文課	中文課	中文課		
11:00							
12:00	和老師吃午餐						
13:00							
14:00	14:15-上課	14:15-上課	14:15-上課		14:15-看電影	買東西	
15:00							
16:00				打球			
17:00	16:30-看書	16:30-買書					
18:00							
19:00						小文的生日派對	
20:00	打工		打工		打工		
21:00							
22:00		看書			看書	21:30 看足球比賽	

小真：

對不起！我今天沒有空和你一起吃晚飯。最近我非常忙，每天早上從九點到十二點都有中文課，星期一、三、五晚上六點要打工，明天下午要去買書。星期四下午我要去打球。六月十四號星期六是小文的生日，所以星期六下午我先去買東西，晚上七點再去她的生日派對。我星期日要和西班牙朋友去爬山，所以早上五點半要起床。我星期日中午有空，一起吃午飯，好嗎？

立德

小真：

对不起！我今天没有空和你一起吃晚饭。最近我非常忙，每天早上从九点到十二点都有中文课，星期一、三、五晚上六点要打工，明天下午要去买书。星期四下午我要去打球。六月十四号星期六是小文的生日，所以星期六下午我先去买东西，晚上七点再去她的生日派对。我星期日要和西班牙朋友去爬山，所以早上五点半要起床。我星期日中午有空，一起吃午饭，好吗？

立德

Preguntas 問題（问题）

1. 立德幾點上中文課？（立德几点上中文课？）

....

2. 立德什麼時候打工？（立德什么时候打工？）

....

3. 星期六是誰的生日？（星期六是谁的生日？）

....

4. 立德想哪天和小真吃飯？（立德想哪天和小真吃饭？）

....

Parte C Pedir una cita
約時間（约时间）

Situación: Zhang Ling queda con Li Ming para cenar en el centro de la ciudad. Ya han concretado el lugar y la hora.

情境介紹：張玲約李明一起去市中心吃飯，他們約好見面的時間和地點。

（情境介紹：张玲约李明一起去市中心吃饭，他们约好见面的时间和地点。）

張玲：昨天打球好玩嗎？

李明：很好玩。你星期天有時間嗎？我們中午一起吃飯，好嗎？

張玲：好，我們吃什麼？

李明：都可以。

張玲：吃北京烤鴨，怎麼樣？聽說那裡有很好吃的飯館，他們的菜很好吃。

李明：好！

張玲：那我們星期日中午十二點在公司門口見面，行嗎？

李明：行！你的手機號碼幾號？

張玲：我的手機號碼是 13611246359。你的呢？

李明：我沒有手機。

張玲：沒關係，我們星期日見！

张玲：昨天打球好玩吗？

李明：很好玩。你星期天有时间吗？我们中午一起吃饭，好吗？

张玲：好，我们吃什么？

李明：都可以。

张玲：吃北京烤鸭，怎么样？听说那里有很好吃的饭馆，他们的菜很好吃。

李明：好！

张玲：那我们星期日中午十二点在公司门口见面，行吗？

李明：行！你的手机号码几号？

张玲：我的手机号码是 13611246359。你的呢？

李明：我没有手机。

张玲：没关系，我们星期日见！

 Preguntas 問題（问题）

1. 張玲和李明星期幾一起吃飯？（张玲和李明星期几一起吃饭？）

....

2. 張玲和李明要吃什麼？（张玲和李明要吃什么？）

....

3. 張玲和李明在哪裡見面？（张玲和李明在哪里见面？）

....

4. 張玲的手機號碼幾號？（张玲的手机号码几号？）

....

5. 張玲和李明都有手機嗎？（张玲和李明都有手机吗？）

....

二、 Vocabulario 生詞（生词）◀))

（一）Vocabulario del texto 課文生詞（课文生词 ）

	漢字 Caracteres tradicionales	简体字 Caracteres simplificados	拼音（拼音） Pinyin	解釋（解释） Significado
1	安娜	安娜	Ānnà	(N) Ana (f.)
2	半	半	bàn	(N) Mitad
3	比賽	比赛	bǐsài	(N)Competición; (VI) Competir
4	菜	菜	cài	(N) Plato; comida
5	吃	吃	chī	(TV) Comer
6	床	床	chuáng	(N) Cama
7	從	从	cóng	(CV) Desde
8	打工	打工	dǎ gōng	(VO) Trabajar a tiempo parcial
9	到	到	dào	(V) Llegar, llegar a；(CV) a
10	點	点	diǎn	(N) Hora; punto
11	東西	东西	dōngxi	(N) Cosa
12	對不起	对不起	duìbùqǐ	(Idiom) Perdón
13	飯	饭	fàn	(N) Arroz; comida
14	飯館	饭馆	fànguǎn	(N) Restaurante
15	公司	公司	gōngsī	(N) Empresa, compañía
16	關係	关系	guānxi	(N) Relación
17	號	号	hào	(N) Número
18	好玩	好玩	hǎowán	(VE) Ser divertido
19	好吃	好吃	hǎochī	(VE) Sabroso, rico
20	見面	见面	jiàn miàn	(VO) Ver; encontrarse con; conocer
21	幾點	几点	jǐdiǎn	(Part.?+N) ¿Qué hora es?
22	烤鴨	烤鸭	kǎoyā	(N) Pato laqueado

23	買	买	mǎi	(VT) Comprar
24	沒關係	没关系	méi guānxi	(Idiom.) No te preocupes, nopasa nada
25	門口	门口	ménkǒu	(N) Puerta deentrada
26	那裡 (那兒)	那里 (那儿)	nàlǐ (nàr)	(Pron.) Allí
27	爬山	爬山	pá shān	(TV) Escalar montañas
28	起床	起床	qǐ chuáng	(V) Levantarse de la cama
29	然後	然后	ránhòu	(Adv.) Después, luego
30	山	山	shān	(N)Montaña, colina, cordillera
31	上課	上课	shàng kè	(VO) Ir a la clase
32	生日	生日	shēngrì	(N) Cumpleaños
33	生日派對	生日派对	shēngrì pàiduì	(N) Fiesta de cumpleaños
34	時間	时间	shíjiān	(N) Tiempo
35	手	手	shǒu	(N) Mano
36	手機	手机	shǒujī	(N) Teléfono móvil
37	他們	他们	tāmen	(Pron) Ellos
38	晚飯	晚饭	wǎnfàn	(N) Cena
39	午飯	午饭	wǔfàn	(N) Almuerzo
40	下課	下课	xià kè	(VO) Terminar la clase
41	先	先	xiān	(Adv.) En primer lugar, Primero
42	小文	小文	Xiǎowén	(N) Xiaowen (f.)
43	行	行	xíng	(VI) Ir a pie ; Es posible
44	星期	星期	xīngqí	(N) Semana
45	星期日	星期日	xīngqírì	(N) Domingo
46	星期天	星期天	xīngqítiān	(N) Domingo
47	以後	以后	yǐhòu	(Adv.) Después, más tarde
48	有空	有空	yǒu kòng	(VO) Tener tiempo libre
49	月	月	yuè	(N) Mes
50	再	再	zài	(A d v.) Después; otra vez, de nuevo

51	怎麼樣	怎么样	zěnmeyàng	(Pron.?) ¿Qué tal?
52	中午	中午	zhōngwǔ	(N) Mediodía
53	昨天	昨天	zuótiān	(N) Ayer

（二）Vocabulario de los ejercicios 一般練習生詞（一般练习生词）

	漢字 Caracteres tradicionales	简体字 Caracteres simplificados	拼音（拼音） Pinyin	解釋（解释） Significado
1	報紙	报纸	bàozhǐ	(N) Periódico
2	表	表	biǎo	(N) Tabla, lista, formulario
3	餐廳	餐厅	cāntīng	(N) Restaurante
4	差	差	chà	(VT) Faltar
5	西班牙文	西班牙文	Xī bān yá wén	(N) Idioma español
6	點鐘	点钟	diǎnzhōng	(N) Hora en punto
7	分（鐘）	分（钟）	fēn (zhōng)	(N) Minuto
8	公園	公园	gōngyuán	(N) Parque
9	過	过	guò	(VT) Pasar, atravesar
10	回家	回家	huí jiā	(VO) Volver a casa
11	火車	火车	huǒchē	(N) Tren
12	教室	教室	jiàoshì	(N) Aula
13	今年	今年	jīnnián	(N) Este año
14	刻	刻	kè	(N) Cuarto de hora
15	可以	可以	kěyǐ	(VI) Estar permitido, poder
16	零	零	líng	(N) Cero
17	面	面	miàn	(N) Cara
18	明年	明年	míngnián	(N) El año que viene
19	年	年	nián	(N) Año
20	去年	去年	qùnián	(N) Año pasado
21	日	日	rì	(N) Día
22	日期	日期	rìqí	(N) Fecha
23	上午	上午	shàngwǔ	(N) Mañana, por la mañana

24	時候	时候	shíhòu	(N) Tiempo, hora, fecha
25	圖書館	图书馆	túshūguǎn	(N) Biblioteca
26	小華	小华	Xiǎohuá	(N) Xiaohua
27	小李	小李	Xiǎo Lǐ	(N) Xiao Li
28	小玲	小玲	Xiǎolíng	(N) Xiaoling
29	小王	小王	Xiǎo Wáng	(N) Xiao Wang
30	紙	纸	zhǐ	(N) Papel
31	鐘	钟	zhōng	(N) Campana ; Reloj de pared

三、 Ejercicios de Gramática 語法練習（语法练习）

Numerales

六十以內的數：漢語使用十進位來指稱數
（六十以内的数：汉语使用十进位来指称数）

El sistema de numeración chino es decimal. Conociendo los números del 0 al l0 se puede llegar hasta el 99, sin necesidad de aprender términos nuevos. Y conociendo las unidades de referencia ("cien", "mil", "diez mil"…), se puede llegar a formar infinidad de números. Así pues, p.ej., no hay que memorizar palabras nuevas para "once", "doce", "quince", etc., como sucede en español.

中文計數制為十進制；沒有"十一"和"十二"單獨的單詞
中文记数制为十进制；没有"十一"和"十二"单独的单词

1	一	11	十一	21	二十一
2	二	12	十二	22	二十二
3	三	13	十三	23	二十三
4	四	14	十四	24	二十四
5	五	15	十五	25	二十五
6	六	16	十六	26	二十六
7	七	17	十七	27	二十七
8	八	18	十八	28	二十八
9	九	19	十九	29	二十九
10	十	20	二十	30	三十

31	三十一	41	四十一	51	五十一
32	三十二	42	四十二	52	五十二
33	三十三	43	四十三	53	五十三
34	三十四	44	四十四	54	五十四
35	三十五	45	四十五	55	五十五
36	三十六	46	四十六	56	五十六
37	三十七	47	四十七	57	五十七
38	三十八	48	四十八	58	五十八
39	三十九	49	四十九	59	五十九
40	四十	50	五十	60	六十

Práctica: Lee los siguientes números y los escribe con caracteres chinos

試試看：讀下列數字並用漢字寫出來（试试看：读下列数字并用汉字写出来）

Ejemplo 例（例）：

42　四十二

18_____　　55_____　　4_____　　36_____　　29_____

Preguntas y respuestas sobre las horas
時間的詢問和回答　（时间的询问和回答）

A：現在幾點？ 兩點鐘。
(A：现在几点？ 两点钟。)

B：現在　　　　兩點鐘。
(B：现在　　　　两点钟。)

　　　　　　　　兩點（零／過）五分。
　　　　　　　　两点（零／过）五分。）

　　　　　　　　兩點十五分／兩點一刻。
　　　　　　　　两点十五分／两点一刻。）

　　　　　　　　兩點三十分／兩點半。
　　　　　　　　两点三十分／两点半。）

兩點四十五分 / 兩點三刻 / 差一刻三點 / 三點差一刻。
两点四十五分 / 两点三刻 / 差一刻三点 / 三点差一刻。）

兩點五十分 / 差十分三點 / 三點差十分。
两点五十分 / 差十分三点 / 三点差十分。）

Nota 補充（补充）：

Dos y pico
兩點多鐘（两点多钟）

a las cocho y cuarto
八點一刻（八点一刻）

a las cocho y cuarto
六點三刻（六点三刻）

a las cinco menos cinco
差五分三點（差五分三点）

a las conce y diez
十一點過十分（十一点过十分）

（一）Lectura de las horas
試試看：時間的讀法（试试看：时间的读法）

兩點鐘

（二）Escribe las siguientes horas con los caracteres chinos
試試看：讀下列時間並用漢字寫出來
（試試看：读下列时间并用汉字写出来）

A：現在幾點？（现在几点？）

B：現在四點（零）九分。（现在四点（零）九分。）

4:09

A：現在幾點？（现在几点？）

B：

A：現在幾點？（現在几点？）

B：

8:27

A：現在幾點？（現在几点？）

B：

16:30

A：現在幾點？（現在几点？）

B：

21:45

Nota：Tanto èr

二 como liǎng 兩 se refieren al número dos (2). Al formar números superiores a 10 que contengan un 2 (12, 20, 22 etc.), aparezca o no un clasificador a continuación, se utiliza siempre èr 二. P.ej: sān shí èr běn shū (32 libros). Pero cuando usamos solo el número 2 se utiliza siempre liǎng 兩 antes del clasificador (p.ej. ,liǎng gè rén 兩個人 , liangdian 兩點)

補充：「二」和「兩」

「二」和「兩」都是表示「2」這個數字，10 以上的數字中的「2」，如：12、20、22 等，不論後面有沒有量詞，都使用「二」來表示，如：三十二 (32) 本書。而在 10 以內的數字中的「2」，如果出現在量詞前（如：兩 (2) 個人）、或不需要量詞的名詞前（如：兩 (2) 點），就用「兩」來表示。

（补充：「二」和「两」）

「二」和「两」都是表示「2」这个数字，10 以上的数字中的「2」，如：12、20、22 等，不论后面有没有量词，都使用「二」来表示，如：三十二 (32) 本书。而在 10 以内的数字中的「2」，如果出现在量词前（如：两 (2) 个人）、或不需要量词的名词前（如：两 (2) 点），就用「两」来表示。）

III Términos y expresiones para indicar Tiempo
表示時間的名詞（表示时间的名词）

Generalmente, en la forma neutra o no marcada, las expresiones de tiempo se colocan detrás del sujeto： "Sujeto+ Tiempo+ Sintagma Verbal"

通常是放在主語之後：名詞 / 代名詞＋時間詞＋ VP

（通常是放在主语之后：名词 / 代名词＋时间词＋ VP）

SN/Pron.	L	SV
我（我）	今天（今天）	在家。（在家。）
你（你）	晚上（晚上）	上課嗎？（上课吗？）
小王（小王）	一點半（一点半）	吃午飯。（吃午饭。）
我姊姊（我姊姊）	七點一刻（七点一刻）	去飯館。（去饭馆。）

Cuando se desea enfatizar el tiempo, éste se puede colocar delante del sujeto, al principio de la oración: "Tiempo+Sujeto+Sintagma verbal"

但是如果要強調時間，就可以放在主語之前：

（但是如果要强调时间，就可以放在主语之前：）

TW	NP/PN	VP
今天 （今天）	我 （我）	在家。（在家。）
晚上 （晚上）	你 （你）	上課嗎？（上课吗？）
一點半 （一点半）	小王 （小王）	吃午飯。（吃午饭。）
七點一刻 （七点一刻）	我姊姊 （我姊姊）	去飯館。（去饭馆。）

 Práctica: Construye frases utilizando sólo las palabras propuestas.

試試看：請寫出正確的句子 （试试看：请写出正确的句子）

Ejemplo 例（例）：

我 / 吃晚飯 / 六點半 。→ 我六點半吃晚飯。

我 / 吃晚饭 / 六点半 。→ 我六点半吃晚饭。

1. 打工 / 幾點 / 你 / 哥哥 / 去 ？→   ？

1. 打工 / 几点 / 你 / 哥哥 / 去 ？→   ？

2. 學校 / 小張 / 昨天 / 上課 / 去 。→   。

2. 学校 / 小张 / 昨天 / 上课 / 去 。→   。

3. 以後 / 你 / 四點 / 嗎 / 在家 ？→   ？

3. 以后 / 你 / 四点 / 吗 / 在家 ？→   ？

4. 昨天早上 / 小玲家 / 玩 / 去 / 我 / 姐姐 。→   。

4. 昨天早上 / 小玲家 / 玩 / 去 / 我 / 姐姐 。→   。

5. 這家飯館 / 小強 / 來 / 星期一 / 打工 / 要。→   。

5. 这家饭馆 / 小强 / 来 / 星期一 / 打工 / 要。→   。

Expresiones para indicar año, mes, día, semana···
年、月、日、星期、日期的表示法
（年、月、日、星期、日期的表示法）

Si en una oración aparecen varia expresiones de tiempo, el orden es siempre de mayor a menor (justo al contrario que en español): "año+mes+nº día+día semana+ franja horaria+hora".

如果句子中的時間詞不只一個，通常把表示較大時間單位的詞放在前面，表示較小時間單位的詞放在後面。

（如果句子中的时间词不只一个，通常把表示较大时间单位的词放在前面，表示较小时间单位的词放在后面。）

Las cinco y diecisiete horas de la tarde del lunes dieciséis de febrero de 2009

2009 年二月十六日星期一下午五點十七分

（2009 年二月十六日星期一下午五点十七分）

日期（日期）			星期（星期）
年（年）	**月（月）**	**日（日）**	
二〇〇九年（二〇〇九年）	一月（一月）	一日（一日）	星期日（天）（星期日（天））
二〇一〇年（二〇一〇年）	二月（二月）	二日（二日）	星期一（星期一）
二〇一一年（二〇一〇年）	·	·	星期二（星期二）
	·	·	·
去年（去年）今年（今年）明年（明年）哪年（哪年）	上個月（上个月）這個月（这个月）下個月（下个月）哪個月（哪个月）幾月（几月）	昨天（昨天）今天（今天）明天（明天）哪天（哪天）幾號（几号）	上（個）星期（上（个）星期）這（個）星期（这（个）星期）下（個）星期（下（个）星期）哪（個）星期（哪（个）星期）星期幾（星期几）

 Práctica: Construye oraciones utilizando sólo las palabras propuestas.
試試看：請寫出正確的句子 （试试看：请写出正确的句子）

Ejemplo 例（例）：

七點 / 星期一 / 上午 → 星期一上午七點

七点 / 星期一 / 上午 → 星期一上午七点

1. 兩點 / 星期三 / 下午 →

1. 两点 / 星期三 / 下午 →

2. 二月 / 星期六 / 二十五日→

2. 二月 / 星期六 / 二十五日→

3. 三十日 / 十二月 / 一九九六年 →
....
3. 三十日 / 十二月 / 一九九六年 →
_____

4. 二十五日 / 今年 / 十月 →
....
4. 二十五日 / 今年 / 十月 →
_____

5. 六點 / 上個星期三 / 二十七分 / 早上 →
....
5. 六点 / 上个星期三 / 二十七分 / 早上 →
_____

V — Uso de las expresiones de Tiempo y Lugar
「時間詞」+「處所詞」的用法（「时间词」+「处所词」的用法）

Cuando en una misma oración aparece una expresión de tiempo y otra de lugar, lo más frecuente es que se coloque primero la que indica tiempo y, a continuación, la de lugar. A su vez, ambas pueden aparecer antes o después del sujeto (aunque siempre delante del verbo), según se quieran enfatizar o no.

如果在句子中同時有表示時間的「時間詞」和表示地點的「處所詞」， 通常把時間詞放在前面，處所詞放在後面。

（如果在句子中同时有表示时间的「时间词」和表示地点的「处所词」， 通常把时间词放在前面，处所词放在后面。）

Práctica: Construye oraciones utilizando sólo las palabras propuestas.
試試看：請寫出正確的句子（试试看：请写出正确的句子）

Ejemplo 例（例）：

我們 / 在校門口 / 中午 / 十二點 / 星期二 見面好嗎？
....
（我们 / 在校门口 / 中午 / 十二点 / 星期二 见面好吗？）
....
→ 我們星期二中午十二點在校門口見面好嗎？
....
→ 我们星期二中午十二点在校门口见面好吗？
_____

1. 我們 / 在圖書館 / 明天 / 五點 / 下午 見面好嗎？

1. 我们 / 在图书馆 / 明天 / 五点 / 下午 见面好吗？

→ _____

2. 我們／下星期四／七點／在教室／晚上 見面好嗎？

2. 我们／下星期四／七点／在教室／晚上 见面好吗？

→ _____ ？

3. 我們 / 在老師家 / 九點半 / 上午 / 星期六 見面好嗎？

3. 我们 / 在老师家 / 九点半 / 上午 / 星期六 见面好吗？

→ _____ ？

4. 我們 / 六日 / 十二月 / 門口 / 在飯館 / 星期三 見面好嗎？

4. 我们 / 六日 / 十二月 / 门口 / 在饭馆 / 星期三 见面好吗？

→ _____ ？

5. 我們 / 這個 / 晚上 / 在你家 / 七點 / 星期五 見面好嗎？

5. 我们 / 这个 / 晚上 / 在你家 / 七点 / 星期五 见面好吗？

→ _____ ？

 VI **"Suj.+T+ (yào 要)+ SV" (yào 要 =děi 得)**
（S ＋时间＋要＋ VP（要＝得））

Cuando se narra un suceso de forma neutra se utiliza "Suj.+T+ SV" (P.ej. 我八點半上課 ´tengo clase a las 8.30h`). Si se desea enfatizar la importancia y la voluntad de ese suceso, se añade yào 要 (= děi 得 ) delante del verbo (equivalente a las perífrasis verbales del español ("ir a/ querer/ tener que + infinitivo")): "Suj.+T+ yào 要 (= děi 得 )+ SV". P.ej.: 我八點半要上課 ´a las 8.30h voy a (tengo que) ir a la clase`.

陳述一件事情時，VP 前面的「要」可以省略，強調事件的重要性或意願時，通常使用「要」在 VP 前面。

陈述一件事情时，VP 前面的「要」可以省略，强调事件的重要性或意愿时，通常使用「要」在 VP 前面。

S + T + （要）SV
我 八點半（要）上課（我 八点半（要）上课）

Práctica: Construye oraciones utilizando sólo las palabras propuestas.
試試看：請寫出正確的句子 （试试看：请写出正确的句子）

Ejemplo 例（例）：

小文 / 打工 / 中午 / 十二點 / 要 → 小文中午十二點要打工。

小文 / 打工 / 中午 / 十二点 / 要 → 小文中午十二点要打工。

1. 星期天 / 踢足球 / 我們 / 三點 / 下午 / 要 → _____。

1. 星期天 / 踢足球 / 我们 / 三点 / 下午 / 要 → _____。

2. 要 / 明天 / 去 / 嗎 / 中平 / 買書 → _____。

2. 要 / 明天 / 去 / 吗 / 中平 / 买书 → _____。

3. 下星期六 / 去 / 他們 / 要 / 老師家 / 吃飯 → _____？

3. 下星期六 / 去 / 他们 / 要 / 老师家 / 吃饭 → _____？

4. 要 / 我 / 上課 / 去 / 柏林 / 十五日 / 下個月 → _____。

4. 要 / 我 / 上课 / 去 / 柏林 / 十五日 / 下个月 → _____。

5. 起床 / 明天 / 五點 / 早上 / 要 / 他們 → _____。

5. 起床 / 明天 / 五点 / 早上 / 要 / 他们 → _____。

VII   Uso del advercio "ránhòu" 然後
副詞「然後」的用法（副词「然后」的用法）

Se coloca entre dos oraciones para indicar que la segunda, en donde aparece el adverbio "ránhòu" (´después`), tiene lugar con posterioridad a la primera.

出現在兩個句子中間，有連接詞的功用。通常「然後」後面接的句子中的時間詞是發生比較晚的時間。

（出現在两个句子中間，有連接詞的功用。通常「然后」后面接的句子中的時間詞是發生比較晚的時間。）

例句：我明天中午十二點要去吃飯，然後下午三點要去餐廳打工。

（例句：我明天中午十二点要去吃饭，然后下午三点要去餐厅打工。）

 Práctica: Complete la frase con〝ránhòu〞
試試看：請用「然後」完成句子（試試看：请用「然后」完成句子）

Ejemplo 例（例）：

小華上午九點去買東西，然後中午十二點去吃午飯。

（小华上午九点去买东西，然后中午十二点去吃午饭。）

1. 小立   去吃飯，然後   。

（1. 小立   去吃饭，然后   。）

2. 小真   去爬山，然後   。

（2. 小真   去爬山，然后   。）

3. 小中   去看書，然後   。

（3. 小中   去看书，然后   。）

4. 我   去打工，然後   。

（4. 我   去打工，然后   。）

5. 我的老師   起床，然後   。

（6. 我的老師   起床，然后   。）

 Los adverbios xiān, zài
「先…(VP1)，再…(VP2)」（「先…(VP1)，再…(VP2)」）

El adverbio xian 先 aparece en la primera oración para indicar lo que sucede primero, y el adverbio zai 再 aparece en la segunda oración para indicar lo que tiene lugar a continuación.
例：我先去爬山，再回家洗澡。（例：我先去爬山，再回家洗澡。）

Práctica: Transforma estas oraciones introduciendo「 先…（SV1），再…（SV2）」

試試看：請用「先…（VP1），再…（VP2）」

（试试看：请用「先…（VP1），再…（VP2）」）

Ejemplo 例（例）：

爸爸今天早上八點要吃早飯，十點要看報紙。→ 爸爸今天早上要先吃早飯，再看報紙。

....

（爸爸今天早上八点要吃早饭，十点要看报纸。→ 爸爸今天早上要先吃早饭，再看报纸。）

_____

1. 媽媽明天下午三點要去學校上課，五點要回家做飯。

1. 妈妈明天下午三点要去学校上课，五点要回家做饭。
....

→ 　　　　　　　　　　　　　　　　　　　　 。
_____

2. 小李這個星期五晚上六點想和朋友去北京飯館吃飯，十點和他們去唱歌。

2. 小李这个星期五晚上六点想和朋友去北京饭馆吃饭，十点和他们去唱歌。
....

→ 　　　　　　　　　　　　　　　　　　　　 。
_____

3. 小華下個星期天中午十二點吃午飯，下午兩點去打工。

3. 小华下个星期天中午十二点吃午饭，下午两点去打工。
....

→ 　　　　　　　　　　　　　　　　　　　　 。
_____

4. 我下個月二十號下午要去買東西，然後晚上去張玲的生日派對。

4. 我下个月二十号下午要去买东西，然后晚上去张玲的生日派对。
....

→ 　　　　　　　　　　　　　　　　　　　　 。
_____

5. 我今年九月要去西班牙打工，十月去馬德里喝啤酒。

5. 我今年九月要去西班牙打工，十月去马德里喝啤酒。
....

→ 　　　　　　　　　　　　　　　　　　　　 。
_____

Uso de 從…(palabra de tiempo 1) 到…(palabra de tiempo 2)
「從…(時間詞 1) 到…(時間詞 2)」的用法
(「从…(时间词 1) 到…(时间词 2)」的用法)

Cóng 從 y dào 到 son, originalmente, dos verbos que significan "seguir" y "llegar". En su forma más atenuada semánticamente funcionan como CV (coverbos: "desde…hasta…"). Los coverbos eran antiguos verbos que, con el paso del tiempo, se han deslexicalizado y, a la vez, gramaticalizado, con lo que funcionan como una especie de "preposiciones" que introducen un complemento ("cóng" de origen y "dào" de meta), en este caso de tiempo, aunque también puede ser de lugar.

"Cóng 從 …dào 到 …" equivalen a las preposiciones españolas "de ... hasta…", con la diferencia de que en chino el verbo principal va siempre detrás.

"從" 和 "到" 是兩個及物動詞，意思分別是 "seguir" y "llegar"。語義上的 CV 形式 (類似介詞用法)，可用來連接兩個物體，以指明時間和地點 PN，在西語中為前置詞 "de" ... "a"。

("从" 和 "到" 是两个及物动词，意思分别是 "seguir" y "llegar"。语义上的 CV 形式 (类似介词用法)，可用来连接两个物体，以指明时间和地点 PN，在西语中为前置词 "de" ... "a"。)

從（从）	T1	到（到）	T2
從（从）	上午 （上午） 九點半 （九点半） 星期一 （星期一） 今天 （今天）	到（到）	下午 （下午） 十二點 （十二点） 星期五 （星期五） 明天 （明天）

P.ej.：Estoy libre desde la una hasta las cuatro.

例：我從一點到四點有空。(例：我从一点到四点有空。)

 Práctica: Escriba frases utilizando 先…(VP1)，再… (VP2)」:
試試看：請用「先…(VP1)，再… (VP2)」
(試试看：请用「先…(VP1)，再… (VP2)」)

Ejemplo 例（例）：

老師今天有空嗎？→老師今天從早上到晚上都很忙。

老师今天有空吗？→老师今天从早上到晚上都很忙。

1. 姊姊今天要做什麼？（去上中文課）

1. 姊姊今天要做什么？（去上中文课）

→ _____。

2. 弟弟明天從幾點到幾點要打工？

2. 弟弟明天从几点到几点要打工？

→ _____。

3. 你這個星期三有時間嗎？（看書）

3. 你这个星期三有时间吗？（看书）

→ _____。

4. 你們今天要去踢足球嗎？

4. 你们今天要去踢足球吗？

→ _____。

5. 你爸爸忙不忙？

5. 你爸爸忙不忙？

→ _____。

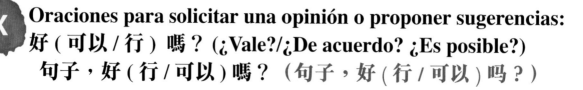 **Oraciones para solicitar una opinión o proponer sugerencias:**
好（可以 / 行）嗎？(¿Vale?/¿De acuerdo? ¿Es posible?)
句子，好（行 / 可以）嗎？（句子，好（行 / 可以）吗？）

Oraciones para solicitar una opinión o proponer sugerencias.
是一種表示徵詢對方意見、或提出建議的句型。
（是一种表示徵询对方意见、或提出建议的句型。）

Ejemplo: Nos vemos el sábado a mediodía, ¿vale?
例：我們星期六中午見面，好嗎？（例：我们星期六中午见面，好吗？）

Práctica: Rellene con "hǎo ma" o "xíng ma"：
試試看：填入「好嗎」或「行嗎」
（试试看：填入「好吗」或「行吗」）

Ejemplo 例（例）：

我們明天一起去圖書館看書，好嗎？

我们明天一起去图书馆看书，好吗？

1. 下星期二一起去吃晚飯，   ?

1. 下星期二一起去吃晚饭，   ?

2. 我們星期日上午八點半在公園門口見面，   ?

2. 我们星期日上午八点半在公园门口见面，   ?

3. 你下星期三早上來我家，   ?

3. 你下星期三早上来我家，   ?

4.   ，好嗎？

4.   ，好吗？

5.   ，行嗎？

5.   ，行吗？

6.   ，可以嗎？

6.   ，可以吗？

四、Descripción de los caracteres chinos
漢字説明（汉字说明）

1. 　　　　　　人 rén Hombre, persona

Combinaciones: 你 nǐ: Tú

他 tā: Él

住 zhù: Vivir, habitar

伯 bó: Tío por parte paterna

位 wèi: Clasificador referido a personas; Puesto, sitio

作 zuò: Hacer

信 xìn: Creer; Carta

們 men: Sufijo de plural（para los pronombres personales y para algunos sustantivos con referencia personal）

價 jià: Precio

偷 tōu: Robar

付 fù: Pagar

休 xiū: Descansar

保 bǎo: Proteger, asegurar

傘 sǎn: Paraguas

2. 　　　　　　父 fù: Padre

Combinaciones: 父 fù: Padre

爸 bà:Padre

爺 yé: Abuelo paterno

爹 diē: Padre

五、Audición 聽力練習（听力练习）🔊

I. Escucha el diálogo. ¿Qué has entendido?

II. Escucha el diálogo otra vez. Esta vez el diálogo se divide en tres partes. Selecciona la respuesta correcta según el contenido.

試試看：

I. 請聽一段對話，試試看，你聽到什麼。

II. 請再聽一次對話。這次對話將分成三段播放，請根據每段話內容，選出正確的答案。

（试试看：

I. 请听一段对话，试试看，你听到什么。

II. 请再听一次对话。这次对话将分成三段播放，请根据每段话内容，选出正确的答案。）

Parte1 第一段 （第一段）

1. 誰最近很忙？（谁最近很忙？）

a) 張玲。（张玲）

b) 王中平。（王中平）

c) 張玲和王中平。（张玲和王中平）

2. 為什麼王中平很忙？（为什么王中平很忙？）

a) 他每天要上課，也要打工。（他每天要上课，也要打工。）

b) 他每天要上課，也要打球。（他每天要上课，也要打球。）

c) 他每天要打工，也要看書。（他每天要打工，也要看书。）

Parte 2 第二段 （第二段）

3. 張玲每天幾點上西班牙文課？（张玲每天几点上西班牙文课？）

a) 兩點。（两点。）b) 八點。（八点。）c) 十點。（十点。）

4. 為什麼張玲下午不打工？（4. 为什么张玲下午不打工？）

a) 張玲下午要上課。（张玲下午要上课。）

b) 張玲不喜歡打工。（张玲不喜欢打工。）

c) 張玲下午要看書。（张玲下午要看书。）

Parte3 第三段 （第三段）

5. 這個星期五是誰的生日？（这个星期五是谁的生日？）

a) 張玲的哥哥。（张玲的哥哥。）

b) 張玲的弟弟。（张玲的弟弟。）

c) 王中平的哥哥。（王中平的哥哥。）

6. 他們幾點去生日派對？（他们几点去生日派对？）

a) 五點四十五分。（五点四十五分。）

b) 六點四十五分。（六点四十五分。）

c) 七點四十五分。（七点四十五分。）

六、 Ejercicios de combinación
綜合練習（综合练习）

Vocabulario de ejercicios 綜合練習生詞 （综合练习生词）🔊

	漢字 Caracteres tradicionales	简体字 Caracteres simplificados	拼音（拼音） Pinyin	解釋（解释） Significado
1	活動	活动	huódòng	(N) Actividad
2	開車	开车	kāi chē	(VO) Conducir
3	睡覺	睡觉	shuì jiào	(VO) Dormir (lit. ´dormir un sueño`)

I **Lee las siguientes horas en chino**
請以漢語的方式念出下列時間。

（请以汉语的方式念出下列时间。）

A: | 14:30 | 7:45 | 13:15 | 12:10 |

| 6:05 | 21:50 | 8:45 |

 II **Responded a las siguientes preguntas en parejas**
兩人一組，互相問答下列問題。

（两人一组，互相问答下列问题。）

(1) 請問現在幾點？（请问现在几点？）

(2) 你今天幾點起床？（你今天几点起床？）

(3) 你幾點上課？幾點下課？（你几点上课？几点下课？）

(4) 你平常幾點吃晚飯？（你平常几点吃晚饭？）

(5) 你星期幾去運動？（你星期几去运动？）

 III **El profesor pregunta a los alumnos sobre las actividades de hoy o de mañana, como si les estuviera entrevistando. Ellos responden con los siguientes tipos de frases**
請老師先問同學今天或明天的活動，再請同學以下列句型敍述被訪問者的活動。

（请老师先问同学今天或明天的活动，再请同学以下列句型叙述被访问者的活动。）

	名字（名字）	今天（今天）	時間（时间）	要（要）	活動（活动）
1					
2					

	名字（名字）	明天（明天）	時間（时间）	要（要）	活動（活动）
1					
2					

**Esta es la programación semanal de Marco.
Cuenta sus actividades.**

這是馬克一星期的時間表，請敍述馬克的活動。

（这是马克一星期的时间表，请叙述马克的活动。）

星期	一	二	三	四	五	周末
07:00			起床			
10:00			上課			
13:00	踢足球		踢足球		踢足球	
15:30						騎自行車
17:10		游泳		游泳		
18:45	打工		打工		打工	
23:00			睡覺			

(1)

(2)

Escribe el plan de esta semana de Marco utilizando "從… 到… 要 / 想 / 得"

請用「從…到…要 / 想 / 得」將馬克這星期的計畫寫下來。

（请用「从…到…要 / 想 / 得」将马克这星期的计画写下来。）

例：馬克星期一下午從一點到五點要去踢足球。

（例：马克星期一下午从一点到五点要去踢足球。）

1_____

2_____

3_____

(3)

Escribe el plan de esta semana de Marco utilizando "要／想／得… 先… 再… 然後…"

請用「要／想／得…再…／先…然後…」將馬克這星期的計畫寫下來。

（请用「要／想／得…再…／先…然后…」将马克这星期的计画写下来。）

例：馬克星期一想先去踢足球再去上課。

（例：马克星期一想先去踢足球再去上课。）

1_____

2_____

3_____

 ## **Pedir una cita 邀約（邀约）**

　　Observa tu programación semanal y queda con tus amigos. Indica la hora y el lugar de la cita, así como lo que vais a hacer. Después escribe el diálogo

　　請看看你的時間表，約你的朋友出去。請約定時間，見面的地點，要做什麼，請將對話寫下來。

　　（请看看你的时间表，约你的朋友出去。请约定时间，见面的地点，要做什么，请将对话写下来。）

A：你明天下午有空嗎？（你明天下午有空吗？）
B：我明天下午要上課。（我明天下午要上课。）

A：_____

B：_____

A：_____

B：_____

A：_____

B：_____

VI Datos lingüísticos reales 真實語料（真实语料）

Horario de trenes
火車時刻表（火车时刻表）

您欲在 民國**105**年**01**月**04**日星期一 搭乘列車從<臺北>前往<高雄>，預計**07:00**至**12:00**開車　　⊞票價查詢　🖶友善列印

👤每天行駛　🚂加班車　🚄跨日車　♿設身障旅客專用座位車　🍼設有哺(集)乳室車廂　🚲可攜帶「置於攜車袋之自行車」(放置12車)
備註：1.區間(快)車及普快車屬非對號車種，不提供網路訂票，請至車站購票。2.太魯閣及普悠瑪列車為自強號票價，不發售無座票。

車種	車次	經由	發車站→終點站	臺北 開車時間	高雄 到達時間	行駛時間	備註	票價	訂票
自強	105	山	基隆→潮州	07:00	11:59	04小時59分	👤♿🚲🍼	$843	
莒光	507	海	七堵→潮州	07:18	14:18	07小時00分	👤🍼	$650	
自強	107	山	基隆→高雄	07:40	12:03	04小時23分	👤♿🚲🍼	$843	
自強	113	山	七堵→屏東	08:28	13:15	04小時47分	👤♿🍼	$843	
自強	115	山	基隆→屏東	09:00	13:50	04小時50分	👤♿🚲🍼	$843	
自強	416	-	樹林→新左營	09:00	17:19	08小時19分	👤🍼 (經台北→花蓮→台東→高雄)另柴聯自強號，逢週一至週四票價97折(例假日除外)	$1145	
莒光	561	海	花蓮→潮州	09:35	16:11	06小時36分	👤🍼	$650	
自強	117	山	七堵→高雄	10:00	14:54	04小時54分	👤♿🍼	$843	
自強	121	山	七堵→高雄	11:00	16:00	05小時00分	👤♿🚲🍼	$843	
莒光	513	海	七堵→潮州	11:18	18:01	06小時43分	👤🍼	$650	
自強	123	山	七堵→屏東	12:00	16:50	04小時50分	👤♿🚲🍼	$843	

圖片來源：中華民國交通部台灣鐵路管理局

¿En qué día se aplica este horario de trenes?
請你看一看這是幾月幾號，星期幾的火車時刻表？
（请你看一看这是几月几号，星期几的火车时刻表？）

¿Cuál es la hora de salida del tren 107 desde Taipei?
107 號車從台北開車的時間是幾點幾分？
（107 号车从台北开车的时间是几点几分？）

七、 Comprendiendo la cultura
從文化出發（从文化出发）

FIESTAS CHINAS más importantes
重要的節日（重要的节目）

1. Fiesta de la Primavera o del Año Nuevo Chino 春節 (empieza el 1° día del 1° mes del calendario lunar y dura 15 días)
   Es considerada el acontecimiento familiar más importante de todos los que se celebran en China. En el calendario gregoriano corresponde a finales de enero o principios de febrero. Su origen se remonta a la dinastía Shang (1600 a. C. – 1100 a. C.). Es cuando más vacaciones hay y cuando todos aprovechan para estar con la familia y visitar a familiares y amigos. Durante esos días se limpia la casa más a fondo y se adorna con detalles característicos que desprenden un aire de fiesta y alegría. En los "chunlian" (春聯) se escriben caracteres relacionados con la idea de abundancia, felicidad y prosperidad, que acompañarán a la familia en el año que entra. Tradicionalmente se tiran petardos en el primer día del año con el fin de expulsar a los malos espíritus y alejar las desgracias. Los niños y jóvenes reciben de los mayores sobres rojos "hongbao" (紅包) con dinero dentro. La frase que más se repite es "gongxifacai" (恭喜發財 : ´te deseo que consigas mucho dinero`).
   Entre todos los días destaca la Víspera del Año Nuevo (除夕), día en el que los miembros de la familia se reúnen para disfrutar de una cena especial (semejante a la Nochevieja occidental). Algunos de los platos más típicos son raviolis (餃子) rellenos de carne, verdura o marisco y "niángao" 年糕, pastel elaborado a base de arroz glutinoso.

2. Fiesta de las Linternas o de los faroles元宵節 (día 15 del primer mes del calendario lunar). Marca el final del Año Nuevo. Tiene su origen en la dinastía Han (206 a. C-220 d. C), época en que el Budismo se popularizó en todo el país. Los linternas son una parte esencial de la fiesta; la gente escribe adivinanzas en un trozo de papel y las introduce en ellas, con el fin de que quien lo reciba lo acierte y reciba un regalo. La comida típica de esta celebración es el "yuanxiao" (元宵), bolitas de arroz glutinoso rellenas de dulce o de carne, y "tangyuan" (湯圓), como símbolo de fortuna y unidad familiar. Se representan las danzas del dragón y del león, y hay espectáculos con payasos y acróbatas, desfiles, música, tambores y fuegos artificiales. Se cree que con el lanzamiento de linternas volantes (天燈) se atrae la buena suerte y la prosperidad.

3. Fiesta de la Claridad Pura 清明節 (4-6 del 4° mes del calendario lunar). Las familias acuden a los cementerios para barrer y limpiar las tumbas y hacer ofrendas de comida y flores a los difuntos. Por la noche se vuelan cometas. Contiene cierto paralelismo con el "Día de todos Los Santos" de España (1 de noviembre).

4. Fiesta de los Botes del Dragón 端午節 (día 5 del 5° mes del calendario lunar). Cuenta con más de 2.000 años de historia. Se hacen competiciones de botes o piraguas, generalmente con forma de cabeza de dragón, animal mitológico en China que representa al emperador. A partir de los años 80 estas competiciones se generalizan también entre las grandes comunidades chinas de Occidente, como Nueva York, Texas, Colorado y California.

    En este día se conmemora la muerte de Qu Yuan（屈原）, un famoso poeta del reino de Chu que vivió durante la época de los Reinos Combatientes y que, cuando su pueblo fue invadido por el general Bai Qi, se suicidó arrojándose al río Miluo. Cuenta la leyenda que el poeta era tan querido que la gente lanzaba arroz al río para evitar que los peces se comieran su cadáver. Por eso es típico comer "zongzi" 粽子, arroz glutinoso envuelto en hojas de bambú o de caña y que contiene carne u otros ingredientes en su interior.

   6.- Fiesta del Doble Siete o Día chino del amor (7° día del 7° mes del calendario lunar). Suele caer en agosto del calendario gregoriano. "Qi Xi" 七夕 significa literalmente "la noche de los sietes". Esta celebración se caracteriza por un marcado romanticismo y es comparable a nuestro Día de San Valentín. Esa noche se puede contemplar el encuentro de dos estrellas llamadas "pastor de vacas" y "doncella que saluda", y que son las protagonistas de varias historias de la tradición oral china.

7. Fiesta del Medio Otoño 中秋節 o Fiesta de la Luna (15 del 8° mes del calendario lunar). Es la fiesta tradicional más importante y entrañable después de la Fiesta de Primavera, pues celebra la unión familiar. Los miembros de la familia se reúnen por la noche para apreciar la brillante luna llena, comer "pasteles de la luna" ("yuèbing" 月餅) y expresar deseos de unidad, recordando también a los familiares ausentes o que viven lejos.

8. Fiesta del Doble Nueve o Fiesta de los Mayores 重陽節(día 9 del 9° mes del calendario lunar). Suele caer en las tres primeras semanas del mes de octubre del calendario gregoriano. Esta celebración tiene relación con la numerología, pues tanto ´nueve` como ´mucho tiempo` se pronuncian "jiu". El día 9 del mes 9 se desea a los mayores que sigan viviendo mucho tiempo.

9. Día del Maestro o Día de Confucio 教師節 (en China el 10 de septiembre y en Taiwán

el 28 de septiembre del calendario solar). Se celebró por primera vez en 1930 y sirve para mostrar respeto y reconocimiento hacia los maestros, los encargados de transmitir valores y conocimiento y de moldear el espíritu humano a través de la educación. El maestro por antonomasia es Confucio, el sabio que más ha influido en la cultura y sociedad chinas de todos los tiempos. Coincide con el comienzo del primer semestre escolar, para que reine un buen ambiente de estudio. Es costumbre ofrecer un obsequio a los profesores.

10. Fiesta del Solsticio de Invierno冬至 (22 ó 23 de diciembre del calendario gregoriano). Este día es el más corto del año y trae buenos auspicios, pues después los días se van haciendo más largos, mejora el clima y, pasa a predominar la energía positiva "yáng" 陽 . Es una suerte que hay que valorar y celebrar. Ese día en el norte de China se come sopa de raviolis y "hundun", que proporcionará calor para el invierno, y en el sur de China bolas de arroz glutinoso con soja roja y fideos largos; en Taiwán se mantiene la costumbre de ofrecer pasteles de nueve capas a los antepasados.

11. Fiesta Nacional de la República Popular China (1 de octubre del calendario solar) y Fiesta Nacional de la República de China o Taiwán (10 de octubre del calendario solar) 國慶日, también conocida esta última con el nombre de "Fiesta del Doble Diez". En ambas se organizan desfiles que se retransmiten en directo. Suele haber muchos días de vacaciones y es el período más largo de descanso después del Año Nuevo Chino.

12. Otras fiestas de carácter internacional que también se celebran en China y Taiwán son:
El Día del Trabajo 勞動節 (1 de mayo) y el Día de la Mujer Trabajadora 婦女節 (8 de marzo)

第六課 去書店買書（第六课 去书店买书）
En la librería

Objetivos de Aprendizaje 本課重點 （本课重点）

1 Preguntar y responder sobre la ubicación de objetos y lugares
詢問説明物品、處所的位置（询问说明物品、处所的位置）

2 Ir de compras, preguntar por el precio y comentarlo
購買物品，詢問價錢及評論（购买物品，询问价钱及评论）

3 Uso del verbo del deseo kěyǐ 可以, de "Núm-Cl. + duōshǎo qián? 多少錢", de "yìdiǎnr 一點兒" y del verbo reduplicado "V 一 V" o "V V"
能願動詞「可以」的用法，數量詞（Nu-M）+ 多少錢，一點兒的用法，動詞重疊「V 一 V」、「V V」的用法
（能愿动词「可以」的用法，数量词（Nu-M）+ 多少钱，一点儿的用法，动词重选「V 一 V」、「V V」的用法）

4 Verbos con doble complemento gěi 給 y zhǎo 找, y de las partículas modales "ya" 呀 y "ba" 吧
雙賓動詞「給」、「找」，語助詞「呀」、「吧」
（双宾动词「给」、「找」，语助词「呀」、「吧」）

5 Interrogación directa e indirecta
間接問句及間接引語（间接问句及间接引语）

一、 Texto 課文（课文）◀))

Parte A En una librería china 去中文書店（去中文书店）

Situación: Zhongping quiere comprar los libros de chino y después de la clase pregunta a Ana dónde está la librería

情境介紹：中平想買中文書，下課後問安娜中文書店在哪裡？

（情境介紹：中平想买中文书，下课后问安娜中文书店在哪里？）

中平：安娜，我想買幾本中文書，你知道哪裡有中文書店嗎？

安娜：學校附近有一家，你找一找。

中平：那家書店在學校後面，還是前面？

安娜：在學校後面。

中平：我也需要一些筆和筆記本，有文具店嗎？

安娜：文具店就在書店旁邊。你要什麼時候去啊？

中平：明天下午。你要不要跟我一起去？

安娜：好啊！我也順便去看看有沒有新書。

中平：安娜，我想买几本中文书，你知道哪里有中文书店吗？

安娜：学校附近有一家，你找一找。

中平：那家书店在学校后面，还是前面？

安娜：在学校后面。

中平：我也需要一些笔和笔记本，有文具店吗？

安娜：文具店就在书店旁边。你要什么时候去啊？

中平：明天下午。你要不要跟我一起去？

安娜：好啊！我也顺便去看看有没有新书。

 Preguntas 問題（问题）

1. 中文書店在哪裡？（中文书店在哪里？）

....

2. 文具店在哪裡？（文具店在哪里？）

....

3. 中平要去文具店買什麼東西？（中平要去文具店买什么东西？）

....

4. 安娜要和中平一起去嗎？（安娜要和中平一起去吗？）

....

Parte B Comprar el desayuno en un bar
去早餐店買早餐（去早餐店买早餐）

Situación: En la residencia de Li De no hay cocina, por lo que él sale a comprar el desayuno todos los días.

情境介紹：立德的宿舍沒有廚房，他每天都去早餐店買早餐。

（情境介紹：立德的宿舍沒有厨房，他每天都去早餐店买早餐。）

老闆：你好！請問你要吃什麼？

立德：我要一個蛋餅，兩個包子，一杯熱豆漿。

老闆：你要外帶，還是在裡面吃？

立德：我要外帶。

老闆：好！請等一下。

立德：一共多少錢？

老闆：蛋餅二十五塊，兩個包子三十塊，豆漿十五塊，一共七十塊。

立德：不好意思！我沒有零錢，給你一千塊，請你找錢，可以嗎？

老闆：沒問題！找你九百三十塊。謝謝！再見！

立德：再見！

老板：你好！请问你要吃什么？

立德：我要一个蛋饼，两个包子，一杯热豆浆。

老板：你要外带，还是在里面吃？

立德：我要外带。

老板：好！请等一下。

立德：一共多少钱？

老板：蛋饼二十五块，两个包子三十块，豆浆十五块，一共七十块。

立德：不好意思！我没有零钱，给你一千块，请你找钱，可以吗？

老板：没问题！找你九百三十块。谢谢！再见！

立德：再见！

 Preguntas 問題 （问题）

1. 立德要買什麼早餐？（立德要买什么早餐？）

....

2. 立德要在店裡吃嗎？（立德要在店里吃吗？）

....

3. 立德的早餐多少錢？（立德的早餐多少钱？）

....

4. 老闆找了多少錢給立德？（老板找了多少钱给立德？）

·

....

Parte C Pasear por las calles y comprar ropa
逛街買衣服（逛街买衣服）

Situación: Zhang Ling va a comprar ropa con su compañera Wang Xiaohong después del trabajo.
情境介紹：張玲下班後跟同事王小紅去買衣服。

（情境介紹：张玲下班后跟同事王小红去买衣服。）

店員：歡迎光臨！請問想找什麼衣服？

張玲：我們先看看。

小紅：張玲，你覺得這件黑色大衣怎麼樣？

張玲：還不錯！小姐，可不可以試穿呀？

店員：當然可以！請跟我來，試衣間在後面。

（小紅試穿以後）（después de probarse la ropa）

小紅：怎麼樣？好看嗎？

張玲：很好看！可是有一點兒小。

小紅：小姐，你們有沒有大一點兒的尺寸？

店員：有，在這裡。

小紅：小姐，這件大衣賣多少錢？

店員：兩千八百塊錢，現在打八折，只賣兩千兩百四十塊。

小紅：太貴了！可以便宜一點兒嗎？

店員：對不起！我們這裡不可以講價。

張玲：我們到別的地方去看看吧！

小紅：好！走吧！

店員：欢迎光临！请问想找什么衣服？

张玲：我们先看看。

小红：张玲，你觉得这件黑色大衣怎么样？

张玲：还不错！小姐，可不可以试穿呀？

店员：当然可以！请跟我来，试衣间在后面。

（小红试穿以后） （despu é s de probarse la ropa）

小红：怎么样？好看吗？

张玲：很好看！可是有一点儿小。

小红：小姐，你们有没有大一点儿的尺寸？

店员：有，在这里。

小红：小姐，这件大衣卖多少钱？

店员：两千八百块钱，现在打八折，只卖两千两百四十块。

小红：太贵了！可以便宜一点儿吗？

店员：对不起！我们这里不可以讲价。

张玲：我们到别的地方去看看吧！

小红：好！走吧！

Preguntas 問題 （问题）

1 小紅要試穿什麼衣服？（小红要试穿什么衣服？）

....

2 那件衣服怎麼樣？（那件衣服怎么样？）

....

3 那件黑色大衣賣多少錢？（那件黑色大衣卖多少钱？）

....

4 為什麼小紅不買那件大衣？（为什么小红不买那件大衣？）

....

二、 Vocabulario 生詞（生词）◀))

（一）Vocabulario del texto 課文生詞（课文生词）

	漢字 Caracteres tradicionales	简体字 Caracteres simplificados	拼音（拼音） Pinyin	解釋（解释） Significado
1	吧	吧	ba	(Part.) Partícula modal
2	百	百	bǎi	(Num.) Cien
3	包子	包子	bāozi	(N) Pan chino con relleno
4	杯	杯	bēi	(N y Cl.) Vaso, copa, taza
5	本	本	běn	(Cl.) Clas. de objetos con hojas (p.ej. libro)
6	筆	笔	bǐ	(N) Pincel, lápiz
7	別的	别的	biéde	(Pron.) Otro
8	筆記	笔记	bǐjì	(N) Notas, apuntes
9	筆記本	笔记本	bǐjìběn	(N) Cuaderno
10	餅	饼	bǐng	(N) Torta, galleta, pastel
11	不錯	不错	búcuò	(VE) No está mal, bastante bueno
12	不好意思	不好意思	bùhǎoyìsi	(Idiom.) Estar avergonzado
13	尺寸	尺寸	chǐcùn	(N) Tamaño, longitud
14	穿	穿	chuān	(VT) Llevar puesto, ponerse (ropa)
15	打折	打折	dǎ zhé	(VO) Rebaja, descuento
16	帶	带	dài	(VT) Llevar puesto, ponerse (complementos: sombrero, cinturón…)
17	蛋	蛋	dàn	(N) Huevo
18	蛋餅	蛋饼	dànbǐng	(N) Tortita
19	當然	当然	dāngrán	(Adv) Por supuesto, desde luego
20	大衣	大衣	dàyī	(N) Abrigo
21	等	等	děng	(VT) Esperar
22	等一下	等一下	děngyíxià	(Idiom.) ¡Espera un poco!
23	店	店	diàn	(N) Tienda
24	店員	店员	diànyuán	(N) Empleado de tienda；vendedor

25	地方	地方	dìfāng	(N) Lugar
26	豆	豆	dòu	(N) Soja
27	豆漿	豆浆	dòujiāng	(N) Salsa de soja
28	多少	多少	duōshǎo	(Pron.) ¿Cuánto(s)?
29	多少錢	多少钱	duōshǎo qián	(VE)¿Cuánto dinero es?, ¿cuánto vale?
30	兒	儿	ér	(N) Hijo (Sufijo) P.ej. huà =huàr 画=画儿 cuadro
31	附近	附近	fùjìn	(N)) Cercanía; (Posp.) cerca de
32	給	给	gěi	(TV) Dar; (CV) a, para
33	貴	贵	guì	(VE) Ser caro
34	好看	好看	hǎokàn	(VE) Ser bonito
35	黑	黑	hēi	(VE) Ser negro
36	黑色	黑色	hēisè	(N) Color negro
37	後面	后面	hòumiàn	(N) Detrás, parte de atrás (Posp.) Detrás
38	歡迎光臨	欢迎光临	huānyíng guānglín	(Idiom.) Bienvenido! (lit. ' bienvenida su asistencia`)
39	家	家	jiā	(N) Casa, familia (Clas.) de tienda, restaurante··· (Sufijo) Indica ' persona` (-ista, -or)
40	件	件	jiàn	(Clas.) De prendas de vestir y otros (N) Documento, carta
41	講價	讲价	jiǎng jià	(VO) Regatear (lit. ' hablar del precio`)
42	就	就	jiù	(Adv.) Entonces
43	覺得	觉得	juéde	(VT) Opinar, creer
44	塊	块	kuài	(N y Clas.) Trozo, pedazo
45	老闆	老板	lǎobǎn	(N) Jefe
46	裡面	里面	lǐmiàn	(N) Dentro, parte de dentro (Posp.) Dentro de
47	零錢	零钱	língqián	(N) Dinero suelto
48	賣	卖	mài	(VT) Vender
49	沒問題	没问题	méi wèntí	(Idiom.) No hay problema

50	旁邊	旁边	pángbiān	(N) Al lado, parte de al lado (Posp.) Al lado de
51	錢	钱	qián	(N) Dinero
52	千	千	qiān	(Num.) Mil
53	前面	前面	qiánmiàn	(N) Delante, parte de delante (Posp.) Delante de
54	請	请	qǐng	(VT) Pedir; por favor
55	試	试	shì	(VT) Probar(se), intentar
56	試衣間	试衣间	shìyījiān	(N) Probador
57	書店	书店	shūdiàn	(N) Librería
58	順便	顺便	shùnbiàn	(Adv.) De paso, a propósito
59	外帶 （外賣）	外带 （外卖）	wàidài (wàimài)	(N) Llevar fuera (vender para llevarlo fuera)
60	文具	文具	wénjù	(N) Artículos de escritorio o papelería
61	文具店	文具店	wénjùdiàn	(N) Papelería
62	新	新	xīn	(VE) Ser nuevo
63	需要	需要	xūyào	(VT) Necesitar
64	呀	呀	yā	(Part.) Partícula modal oracional
65	一點兒	一点儿	yìdiǎnr	(Adv.) Un poco (de)
66	衣服	衣服	yīfu	(N) Ropa
67	一共	一共	yígòng	(Adv.) En total
68	一些	一些	yìxiē	(Num.+Cl.plural) Unos, algunos
69	再見	再见	zàijiàn	(Idiom.) Adiós
70	早餐	早餐	zǎocān	(N) Desayuno
71	早餐店	早餐店	zǎocāndiàn	(N) Puesto que vende desayunos
72	找	找	zhǎo	(VT) Buscar; encontrar
73	找錢	找钱	zhǎo qián	(VO) Dar las vueltas (de dinero)
74	這裡	这里	zhèlǐ	(Adv.) Aquí
75	只	只	zhǐ	(Adv.) Solamente
76	知道	知道	zhīdào	(VT) Saber
77	走	走	zǒu	(VI) Irse; andar

(二)Vocabulario de los ejercicios 一般練習生詞（一般练习生词）

	漢字 Caracteres tradicionales	简体字 Caracteres simplificados	拼音（拼音） Pinyin	解釋（解释） Significado
1	杯子	杯子	bēizi	(N y Clas.) Vaso, taza, copa
2	狗	狗	gǒu	(N) Perro
3	客人	客人	kèrén	(N) Invitado; cliente
4	例如	例如	lìrú	(VT) Poner un ejemplo; (N)Ejemplo
5	鉛	铅	qiān	(N) Plomo
6	鉛筆	铅笔	qiānbǐ	(N) Lapicero
7	熱狗	热狗	règǒu	(N) Perrito caliente
8	上面	上面	règǒu	(N) Encima, parte de encima (Posp.) Encima de
9	外面	外面	wàimiàn	(N) Afuera, parte de afuera (Posp.) Fuera de
10	外套	外套	wàitào	(N) Ropa exterior (abrigo, chaqueta, cazadora…)
11	英文	英文	Yīngwén	(N) Idioma inglés
12	右邊	右边	yòubiān	N) Derecha, parte derecha (Posp.) A la derecha de
13	枝	枝	zhī	(N) Rama (Clas.) De boli, lápiz, pincel…
14	桌子	桌子	zhuōzi	(N) Mesa
15	左邊	左边	zuǒbiān	(N) Izquierda, parte izquierda (Posp.) A la izquierda de

三、 Ejercicios de Gramática 語法練習（语法练习）

I

Describir la ubicación de un objeto
說明物品的位置（说明物品的位置）

El verbo zài 在 significa ´estar (en)`. Lleva a continuación una expresión que indica Lugar. Fíjate en los siguientes ejemplos：

動詞「在」表示「存在」，一般是以方位詞或表示方位的名詞、代詞做為賓語。句型如下：

（动词「在」表示「存在」，一般是以方位词或表示方位的名词、代词做为宾语。句型如下：）

SN/Pron.	在	（SN/Pron.）Posp.
筆記本（笔记本） 文具店（文具店） 他們（他们）	在（在）	（桌子）上面。（（桌子）上面。） （書店）旁邊。（（书店）旁边。） （飯館）裡面。（（饭馆）里面。）

Nota：Las palabras que indican lugar (dentro, fuera, encima, debajo, en medio…) en chino son "posposiciones". Se colocan detrás del nombre o término al que modifican, justo al contrario que en español, en donde se colocan delante (preposiciones).

補充：方位詞（Position Words）是表示方位的名詞，在上面句型中當做賓語。常見的方位詞如下表：

（补充：方位词（Position Words）是表示方位的名词，在上面句型中当做宾语。常见的方位词如下表：）

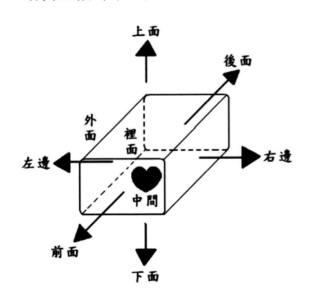

對面 duìmiàn

(N) La parte de enfrente
(Posp.) Enfrente (de)

Nota: En las posposiciones de lugar puede aparecer indiferentemente el sufijo - miàn 面 o – bian 邊:
補充：方位詞中，「前面、後面、裡面、外面」在中國常常使用「前邊、後邊、裡邊、外邊」。
（补充：方位词中，「前面、后面、里面、外面」在中国常常使用「前边、后边、里边、外边」。）

前面 （前面）	qiánmiàn	前邊 （前边）	qiánbiān
後面 （后面）	hòumiàn	後邊 （后边）	hòubiān
裡面 （里面）	lǐmiàn	裡邊 （里边）	lǐbiān
外面 （外面）	wàimiàn	外邊 （外边）	wàibiān

Práctica: Marca la posposición de lugar correcta según el dibujo
試試看：把正確的方位詞圈起來（试试看：把正确的方位词圈起来）

Ejemplo 例（例）：

筆在筆記本（上面，下面，左邊 ）。

笔在笔记本（上面，下面，左边，右边 ）。

1. 筆記本在桌子（上面，下面，左邊，右邊）。

   笔记本在桌子（上面，下面，左边，右边）。

2. 英文書在筆（上面，下面，左邊，右邊）。

英文书在笔（上面，下面，左边，右边）。

3. 筆在筆記本和英文書（裡面，外面，中間，對面）。

   笔在笔记本和英文书（里面，外面，中间，对面）。

4. 足球在桌子（上面，下面，左邊，右邊）。

足球在桌子（上面，下面，左边，右边）。

5. 手機在筆（上面，下面，左邊，右邊）。

手机在笔（上面，下面，左边，右边）。

II Uso y respuesta de「N＋在＋哪裡？」（¿Dónde está...?），la frase es siguiente：
「N＋在＋哪裡？」的用法與回答：詢問物品的位置之句型如下
（「N＋在＋哪里？」的用法与回答：询问物品的位置之句型如下）

Para preguntar por el lugar en que se sitúa una persona o una cosa, se puede utilizar "zài nâli?" "在 哪裡？" ('¿dónde está?') o "在 什麼 地方 zài shénme dìfang?" (lit.'¿está en qué lugar?`. En el Norte de China se utiliza con más frecuencia "zài nâr?" 在哪兒？. Para responder se usa la misma estructura: "SN+ zài 在 (estar) + Lugar"

詢問人或事物的方位可使用 NP「在哪裡」或「在什麼地方」，在中國北方常使用「在哪兒」，回答時可使用與問式相同的形式，即 NP + 在 + 方位詞。

（询问人或事物的方位可使用 NP「在哪里」或「在什么地方」，在中国北方常使用「在哪儿」，回答时可使用与问式相同的形式，即 NP + 在 + 方位词。）

A：

SN/Pron.	在	Part.?
筆（笔） 早餐店（早餐店） 他們（他们）	在（在）	哪裡？（哪里？） 什麼地方？（什么地方？）

B：

NP/PN	在	QW
筆（笔） 早餐店（早餐店） 他們（他们）	在（在）	（桌子）上面。（（桌子）上面。） （書店）旁邊。（（书店）旁边。） （飯館）裡面。（（饭馆）里面。）

Práctica: Describe la ubicación correcta del objeto utilizando oraciones completas

試試看：用完整的句子說出正確的物品位置

（试试看：用完整的句子说出正确的物品位置）

Ejemplo 例（例）：

A：中文書在哪裡？（筆記本 / 下面）（A：中文书在哪里？（笔记本 / 下面））

B：[中文書在筆記本下面。]（B：[中文书在笔记本下面。]）

1. A：中文書店在哪裡？（學校 / 後面）（A：中文书店在哪里？（学校 / 后面））

B：[。]

2. A：筆在哪裡？（小明 / 那兒）（A：笔在哪里？（小明 / 那儿））

B：[。]

3. A：文具店在哪裡？（書店 / 旁邊）（A：文具店在哪里？（书店 / 旁边））

B：[。]

4. A：北京飯館   ？（來來 Hotel / 裡面）

（A：北京饭馆   ？（来来 Hotel / 里面）

B：   。]

5. A：KTV   ？（早餐店 / 對面）（A：KTV   ？（早餐店 / 对面））

B：[。]

Uso y respuesta de 「哪裡＋有＋ N ？ "¿Dónde hay...?" 「哪裡＋有＋ N ？」的用法與回答
（「哪里＋有＋ N ？」的用法与回答）

El verbo yôu puede utilizarse como impersonal para preguntar dónde hay algo o alguien. La estructura es "nâli 哪 裡 ＋ yôu 有 ＋ N?", literalmente '¿dónde hay +N?".

此問式表示某處所存在著某一事物或人，其形式為：處所詞語＋有＋ NP

（表存在、出現或消失的事物或人），此 NP 一般為不定詞。

（此问式表示某处所存在著某一事物或人，其形式为：处所词语＋有＋ NP

（表存在、出现或消失的事物或人），此 NP 一般为不定词。）

A：

Part.?	有	SN /Pron.
哪裡 （哪里） 什麼地方（什么地方）	有（有）	書店 （书店） 早餐店？（早餐店？） 中文書店（中文书店）

B：

PW	在	NP/PN
學校 旁邊 （学校 旁边） 文具店 後面 （文具店 后面） 早餐店 前面 （早餐店 前面）	在（在）	書店 （书店） 早餐店。（早餐店。） 中文書店（中文书店）

Práctica: Ordena y escribe la oración correcta
試試看：請寫出正確的句子（试试看：请写出正确的句子）

Ejemplo 例（例）：

學校旁邊 / 有 / 飯館。（学校旁边 / 有 / 饭馆。）

→ 學校旁邊有飯館。（学校旁边有饭馆。）

1. 中文書店 / 有 / 哪裡 ？（中文书店 / 有 / 哪里 ？）

→　　　　　　　　　　　　　　　　　　　　　　　　　　　　？

2. 有 / 前面 / 文具店 / 早餐店嗎？（有 / 前面 / 文具店 / 早餐店吗？）

→   ？
....

3. 筆記本 / 德文書 / 下面 / 有嗎？（笔记本 / 德文书 / 下面 / 有吗？）

→   ？
....

4. 人 / 你 / 後面 / 有。（人 / 你 / 后面 / 有。）

→   。
....

5. 我家 / 有 / 前邊 / KTV。（我家 / 有 / 前边 / KTV。）

→   。
....

Uso del verbo "kěyǐ" 可以 (poder, permitir)
能願動詞「可以」的用法（能愿动词「可以」的用法 ）

El verbo auxiliar "keyi" 可以 ('poder, permitir`) se coloca delante del verbo principal y forma una perífrasis verbal semejante a la del español "poder + infinitivo". Se niega siempre con 不 , nunca con "méi": 不可以 . Su forma interrogativa es 可不可以？o 可以嗎？

能願動詞「可以」經常放在動詞動詞性成分的前面，表示「能夠」或「允許」，否定式是「不可以」，疑問式是「可不可以」或在句尾加疑問助詞「嗎」。

（能愿动词「可以」经常放在动词动词性成分的前面，表示「能够」或「允许」，否定式是「不可以」，疑问式是「可不可以」或在句尾加疑问助词「吗」。）

| 可以（可以） | 試穿（试穿） |
| | 講價（讲价） |

| 不可以（不可以） | 試穿（试穿） |
| | 講價（讲价） |

| 可不可以（可不可以） | 試穿（试穿） | |
| 可以（可以） | 講價（讲价） | 嗎（吗） |

Práctica: Responde a las preguntas en forma negativa

試試看：以否定式回答問題（試試看：以否定式回答问题）

Ejemplo 例（例）：

我們可以下課嗎？→［你們不可以下課。］（我们可以下课吗？→［你们不可以下课。］）

1. A：這件大衣可以試穿嗎？（A：这件大衣可以试穿吗？）

→ B： 。

2. A：你們這裡可以講價嗎？（A：你们这里可以讲价吗？）

→ B： 。

3. A：你們的早餐可不可以外帶？（A：你们的早餐可不可以外带？）

→ B： 。

4. A：我可以跟你們去書店嗎？（A：我可以跟你们去书店吗？）

→ B： 。

5. A：我可以和你一起去看電影嗎？（A：我可以和你一起去看电影吗？）

→ B： 。

Num-Clas.+ 多少錢？= ¿Num-N + cuánto vale?

數量詞（Nu-M）＋多少錢？（数量词（Nu-M）＋多少钱？）

A.

En chino se utiliza el sistema de numeración decimal para formar los números. Los números superiores de 60 se expresan así：

數字：漢語用「十進位」來稱數。60 以上的數說法如下：

（数字：汉语用「十进位」来称数。60 以上的数说法如下：）

61	六十一	71	七十一	81	八十一
62	六十二	72	七十二	82	八十二
63	六十三	73	七十三	83	八十三
64	六十四	74	七十四	84	八十四
65	六十五	75	七十五	85	八十五
66	六十六	76	七十六	86	八十六
67	六十七	77	七十七	87	八十七
68	六十八	78	七十八	88	八十八
69	六十九	79	七十九	89	八十九
70	七十	80	八十	90	九十

91	九十一	101	一百零一
92	九十二	111	一百一十一
93	九十三	199	一百九十九
94	九十四	999	九百九十九
95	九十五	1000	一千
96	九十六	1111	一千一百一十一
97	九十七	9999	九千九百九十九
98	九十八	10000	一萬
99	九十九	15000	一萬五千
100	一百	99900	九萬九千九百

B. Cuantificador 量詞（量词）：

El chino es una lengua clasificadora. Entre un Determinante. (dem., num.) y un Nombre hay que introducir un Clasificador. El clasificador genérico es "ge" 個, pero otros se utilizan con determinados nombres de características especiales. En español no existe esta categoría gramatical, pues el demostrativo se une directamente al nombre.

中文是一種量詞語言，在定詞（包括指示代詞及數量詞）和名詞間要加上一個量詞，量詞 "個" 是使用最多的量詞但是其餘的量詞被有特殊意義的特定名詞使用。西班牙文並未有類似的文法範疇，因此指示代詞可以直接修飾名詞。

（中文是一种量词语言，在定词（包括指示代词及数量词）和名词间要加上一个量词，量词"个"是使用最多的量词但是其馀的量词被有特殊意义的特定名词使用。西班牙文并未有类似的文法范畴，因此指示代词可以直接修饰名词。）

	Clasificadores		Ejemplo	
a.	杯（杯）bei	para taza, vaso y copa	八杯豆漿（八杯豆漿）	8 vasos de leche de soja
b.	個（个）ge	genérico，para piezas	兩個漢堡（兩個漢堡）	2 hamburguesas
			三個蛋餅（三個蛋餅）	3 tortitas
c.	件（件）jiàn	para prendas de vestir	四件大衣（四件大衣）	4 abrigos
d.	枝（枝）zhī	Para objetos cortos y estrechos	六枝筆（六枝筆）	6 pinceles
e.	本（本）	para objetos compuestos de hojas	七本中文書（七本中文書）	7 libros de chino
f.	張（张）	para objetos extendidos	一張桌子（一張桌子）	1 mesa
			一張紙（一張紙）	1 hoja de papel

C.

Si se quiere preguntar solo por un objeto, como 一 本（枝、個、件、杯），se puede utilizar tres formas, según el elemento que queramos focalizar: 1. "Num.-Clas-N+ 多少錢？"（forma neutra）, 2. "N+ Num-Clas+ 多少錢？" o "N ＋多少錢＋ Num-Clas？" P.ej.：一個漢堡 多少錢？ ＝ 漢堡一個多少錢？ ＝ 漢堡 多少錢一個？

（¿Cuánto vale una hamburguesa?）（一个汉堡多少钱？ ＝ 汉堡一个多少钱？ ＝ 汉堡多少钱一个？）

詢問物品的價錢：如果要詢問的物品數量是一本（枝、個、件、杯），也可以用「N＋多少錢＋數量詞？」型式。例如：一個漢堡多少錢？ ＝ 漢堡一個多少錢？ ＝ 漢堡多少錢一個？

（询问物品的价钱：如果要询问的物品数量是一本（枝、个、件、杯），也可以用「N＋多少钱＋数量词？」型式。例如：一个汉堡多少钱？ ＝ 汉堡一个多少钱？ ＝ 汉堡多少钱一个？）

A：

SN	Num.- Cl.	多少錢
鉛筆（铅笔） 筆記本（笔记本） 包子（包子）	兩枝（两枝） 三本（三本） 四個（四个）	多少錢？（多少钱？）

B：

Num- Cl.	SN	多少錢
兩枝（两枝） 三本（三本） 四個（四个）	鉛筆（铅笔） 筆記本（笔记本） 包子（包子）	多少錢？（多少钱？）

Práctica: Pregunta por el precio de los siguientes objetos utilizando las dos formas posibles

試試看：下面物品的價錢要怎麼問？

（試試看：下面物品的价钱要怎么问？）

鉛筆五枝多少錢？
或
五枝鉛筆多少錢？

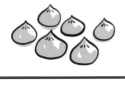

yì diǎnr significa：poca cantidad o nivel bajo

VI **一點兒：表示數量少或程度低**

（一点儿：表示数量少或程度低）

puede cumlir dos funciones diferentes

a. "Verbo estativo +yìdiǎnr（一點兒）": significa ´un poco más +VE`

P.ej. 便宜一點兒：un poco más caro

b. "yǒu yìdiǎnr 有（一）點 兒 + Verbo estativo": significa 'un poco + VE" y tiene una cierta connotación negativa. P.ej. 這件大衣有（一）點兒小：este abrigo es un poco pequeño

a. 在狀態動詞後做補語，SV＋一點兒，例如：便宜一點兒。

（在状态动词后做补语，SV＋一点儿，例如：便宜一点儿。）

b. 在狀態動詞前面做副詞，有（一）點兒＋ SV，例如：這件大衣有（一）點兒小。

（在狀态动词前面做副词，有（一）点儿＋ SV，例如：这件大衣有（一）点儿小。）

 Práctica: Rellena con "yìdiǎnr 一點兒" o "yǒuyìdiǎnr 有一點兒"

試試看：填入「一點兒」或「有一點兒」

（試试看：填入「一点儿」或「有一点儿」）

Ejemplo 例（例）：

這件大衣有一點兒小，你們有沒有大一點兒的。

（这件大衣有一点儿小，你们有没有大一点儿的。）

1. 這個星期我_____忙，不可以去看電影。

　　（这个星期我_____忙，不可以去看电影。）

2. 這枝筆_____貴，你們有沒有便宜_____的。

　　（这枝笔_____贵，你们有没有便宜_____的。）

3. 這件大衣_____大，你們有沒有小_____的。

　　（这件大衣_____大，你们有没有小_____的。）

VII Reduplicación del Verbo "V（一）V" 動詞重疊「V（一）V」的用法 （动词重迭「V（一）V」的用法）

Los verbos de acción se pueden reduplicar de dos formas: "V 一 V" o "VV". Así se indica que la acción del verbo se realiza por un corto periodo de tiempo o que se intenta llevarla a cabo. P.ej.: "看一看" o "看看" (mira un poco, echa un vistazo); "找一找" o "找找" (busca un poco, intenta encontrarlo).

表示動作的動詞可以重疊為「V 一 V」或「VV」式，動作動詞的重疊表示動作的短暫或嘗試之意，例如：「看一看」、「找一找」或「看看」、「找找」。

（表示动作的动词可以重迭为「V 一 V」或「VV」式，动作动词的重迭表示动作的短暂或尝试之意，例如：「看一看」、「找一找」或「看看」、「找找」。）

Práctica: Rellena las siguientes frases con "V（一）V"
試試看：填入「V（一）V」
（試試看：填入「V（一）V」）

Ejemplo 例（例）：

我可以 <u>看一看</u>（看）這本書嗎？

（我可以 <u>看一看</u>（看）这本书吗？。）

1. 你＿＿＿＿＿＿＿＿（找）附近有沒有書店。

  （你＿＿＿＿＿＿＿（找）附近有没有书店。）

2. 我們到別的地方去＿＿＿＿＿＿＿（看）。

  （我们到别的地方去＿＿＿＿＿＿＿（看）。）

3. 我們今天去哪裡吃飯？我＿＿＿＿＿＿＿（想）。

  （我们今天去哪里吃饭？我＿＿＿＿＿＿＿（想）。）

4. 我們還有時間，先在附近＿＿＿＿＿＿＿（走）吧！

  （我们还有时间，先在附近＿＿＿＿＿＿＿（走）吧！）

5. 他還在家，我們再＿＿＿＿＿＿＿（等）吧！

  （他还在家，我们再＿＿＿＿＿＿＿（等）吧！）

VIII. Uso de "verbos con doble complemento", CD y CI: "geǐ" 給 y "zhǎo" 找
雙賓動詞「給、找」的用法（双宾动词「给、找」的用法）

Verbos con doble complemento: algunos verbos, generalmente los que expresan la idea de 'dar`, llevan un complemento indirecto y un complemento directo.

雙賓動詞 (Double Object Verbs) 是指動詞後面接兩個賓語的動詞，其中一個賓語是「事物的接受者」(I.O.)，另一個賓語是「被給予的事物」(D.O.)。 漢語中，能帶雙賓語的動詞，在語義上一般都有給予的意義。

（双宾动词 (Double Object Verbs) 是指动词后面接两个宾语的动词，其中一个宾语是「事物的接受者」(I.O.)，另一个宾语是「被给予的事物」(D.O.)。 汉语中，能带双宾语的动词，在语义上一般都有给予的意义。）

Subject	V	I.O.	D.O.
客人（客人）	給（给）	老闆（老板）	三百塊（三百块）
老闆（老板）		客人（客人）	一千塊（一千块）
我（我）	找（找）	你（你）	一本書（一本书）
朋友（朋友）		我（我）	兩枝筆（两枝笔）

Práctica: Ordena y forma la oración correcta
試試看：寫出正確的句子（试试看：写出正确的句子）

Ejemplo 例（例）：

這件大衣 / 你 / 一千五 / 賣 。→ 這件大衣賣你一千五。

（这件大衣 / 你 / 一千五 / 卖 。→ 这件大衣卖你一千五。）

1. 小紅 / 給 / 三百塊 / 我 。（小红 / 给 / 三百块 / 我 。）

→ 　　　　　　　　　　　　　　　　　　　　　　　　　　　　　　　　。

2. 中平 / 五百塊 / 給 / 老闆 嗎？（中平 / 五百块 / 给 / 老板 吗？）

→ 　　　　　　　　　　　　　　　　　　　　　　　　　　　　　　　　？

3. 老闆 / 二十七塊 / 立德 / 找 嗎？（老板 / 二十七块 / 立德 / 找 吗？）

→ _____ ？

4. 老師 / 很多時間 / 給 / 我們。（老师 / 很多时间 / 给 / 我们。）

→ _____ 。

5. 他 / 找 / 我 / 兩千塊錢。（他 / 找 / 我 / 两千块钱。）

→ _____ 。

Preguntas indirectas y discursos indirectos
間接問句及間接引語
（间接问句及间接引语）

El complemento de los verbos transitivos puede ser un sintagma complejo (a) o una oración entera que funciona como un sintagma nominal (b).

漢語中及物動詞的賓語也有可能是一整個句子，這種句子可代替名詞片語。例句變化如下：

（汉语中及物动词的宾语也有可能是一整个句子，这种句子可代替名词片语。例句变化如下：）

Ejemplo 例（例）：

1.

a. ¿Dónde hay una librería de idioma chino?

哪裡有中文書店？

（哪里有中文书店？）

Sabes

你知道。

（你知道。）

b. ¿Sabes dónde hay una librería de idioma chino?

你知道哪裡有中文書店嗎？

（你知道哪里有中文书店吗？）

2. ¿Hay libros nuevos?

有沒有新書？

（有没有新书？）

Voy a mirarlo a propósito

我也順便去看看。

（我也顺便去看看。）

Voy a ver a propósito si hay libros nuevos.

我也順便去看看有沒有新書。

（我也顺便去看看有没有新书。）

 Práctica：Traduzca las siguientes frases al chino
試試看：請將下列的句子翻譯成中文。
（试试看：请将下列的句子翻译成中文。）

1.¿Cuánto cuesta esa chaqueta?

_____

2.¿Sabes dónde está la librería española?

_____

3.El abrigo cuesta 1000 yuanes

_____

4.El libro está en la mesa

_____

四、 Descripción de los caracteres chinos
漢字説明（汉字说明）

 女（女）nǚ
Mujer

Combinaciones：

女（女）nǚ	她（她）tā	奶（奶）nǎi	好（好）hǎo	姐（姐）jiě
媽（妈）mā	妹（妹）mèi	娘（娘）niáng	婚（婚）hūn	婆（婆）pó
始（始）shǐ	姓（姓）xìng	妓（妓）jì	嬰（婴）yīng	

 子（子）zǐ
Hijo, niño（término genérico para referirse tanto al género masculino como al femenino）Combinaciones: 孩 hái niño, hijo

Combinaciones：

字（字）zì	學（学）xué	孔（孔）kǒng	存（存）cún	孝（孝）xiào
孤（孤）gū	孫（孙）sūn	季（季）jì	孟（孟）mèng	孕（孕）yùn

五、Audición 聽力練習（听力练习）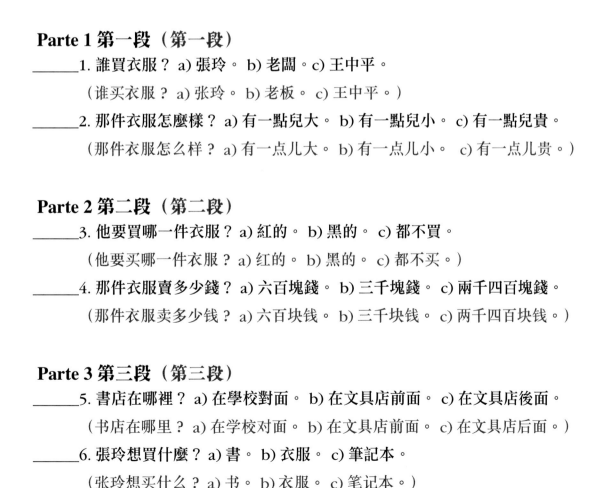

I. Escucha el diálogo. ¿Qué has entendido?

II. Escucha el diálogo otra vez. Esta vez el diálogo se divide en tres partes. Selecciona la respuesta correcta según el contenido

試試看：

I. 請聽一段對話，試試看，你聽到什麼。

II. 請再聽一次對話。這次對話將分成三段播放，請根據每段話內容，選出正確的答案。

（試試看：

I. 请听一段对话，试试看，你听到什么。

II. 请再听一次对话。这次对话将分成三段播放，请根据每段话内容，选出正确的答案。）

Parte 1 第一段（第一段）

_____1. 誰買衣服？ a) 張玲。 b) 老闆。c) 王中平。

（谁买衣服？ a) 张玲。 b) 老板。 c) 王中平。）

_____2. 那件衣服怎麼樣？ a) 有一點兒大。 b) 有一點兒小。 c) 有一點兒貴。

（那件衣服怎么样？ a) 有一点儿大。 b) 有一点儿小。 c) 有一点儿贵。）

Parte 2 第二段（第二段）

_____3. 他要買哪一件衣服？ a) 紅的。 b) 黑的。 c) 都不買。

（他要买哪一件衣服？ a) 红的。 b) 黑的。 c) 都不买。）

_____4. 那件衣服賣多少錢？ a) 六百塊錢。 b) 三千塊錢。 c) 兩千四百塊錢。

（那件衣服卖多少钱？ a) 六百块钱。 b) 三千块钱。 c) 两千四百块钱。）

Parte 3 第三段（第三段）

_____5. 書店在哪裡？ a) 在學校對面。 b) 在文具店前面。 c) 在文具店後面。

（书店在哪里？ a) 在学校对面。 b) 在文具店前面。 c) 在文具店后面。）

_____6. 張玲想買什麼？ a) 書。 b) 衣服。 c) 筆記本。

（张玲想买什么？ a) 书。 b) 衣服。 c) 笔记本。）

六、Ejercicios de combinación
綜合練習（综合练习）

Vocabulario de ejercicios 綜合練習生詞 （综合练习生词 ） ◀))

	漢字 Caracteres tradicionales	简体字 Caracteres simplificados	拼音（拼音） Pinyin	解釋（解释） Significado
1	打嘴巴	打嘴巴	dǎ zuǐbā	(VO) Golpear en la boca
2	頂呱呱	顶呱呱	dǐngguāguā	(VE) Ser el mejor
3	孩子	孩子	háizi	(N) Niño
4	壞	坏	huài	(VE) Ser malo
5	筷子	筷子	kuàizi	(N) Pallillos
6	輛	辆	liàng	(Clas.) Para vehículos
7	便宜	便宜	piányi	(VE) Ser barato
8	蘋果	苹果	píngguǒ	(N) Manzana
9	青	青	qīng	(VE) Ser verde
10	熱	热	rè	(VE) Ser o estar caliente
11	雙	双	shuāng	(Clas.) Pareja, par
12	上下	上下	shàngxià	(N) Parte de arriba y abajo; arriba y abajo
13	條	条	tiáo	(Clas.) Para cosas largas y estrechas Pantalón, falda, serpiente…)
14	碗	碗	wǎn	(N y Clas.) Cuenco, tazón
15	衣櫃	衣柜	yīguì	(N) Armario para la ropa
16	椅子	椅子	yǐzi	(N) Silla
17	元	元	yuán	(N) Yuan chino, yuan japonés (moneda)
18	嘴巴	嘴巴	zuǐba	(N) Boca
19	左右	左右	zuǒyòu	(N) Parte izquierda y derecha; (Adv.) Aproximadamente

I

Inserta el clasificador adecuado según las siguientes imágenes
（请根据下列图案，说出量词的用法）

個	枝	本	雙	張	杯	件	輛

一（　　　）書
（一（　　　）书）

一（　　　）杯子
（一（　　　）杯子）

一（　　　）筷子
和一（　　　）碗
（一　　　）筷子
和一（　　　）碗）

一（　　　）車子
（一（　　　）车子）

一（　　　）大衣
（一（　　　）大衣）

一（　　　）桌子
（一（　　　）桌子）

一（　　　）人
（一（　　　）人）

一（　　　）啤酒
（一（　　　）啤酒）

一（　　　）筆
（一（　　　）笔）

Completa los siguientes ejercicios según las instrucciones
II
請照指示，完成下面練習
（请照指示，完成下面练习）

---

a.Di las diferentes posiciones que se establecen en las siguientes imágenes
請根據下圖，說出不同的方位。

（请根据下图，说出不同的方位。）

小真　立德　張玲

書在椅子＿＿＿＿＿＿＿＿＿＿＿　　小真在立德的＿＿＿＿＿＿＿＿＿＿＿

衣服在衣櫃＿＿＿＿＿＿＿＿＿＿　　書在蘋果＿＿＿＿＿＿＿＿＿＿＿

張玲在立德的＿＿＿＿＿＿＿＿＿　　立德在小真和張玲的＿＿＿＿＿＿

（书在椅子＿＿＿＿＿＿＿＿＿＿　　小真在立德的＿＿＿＿＿＿＿＿＿＿＿

衣服在衣柜＿＿＿＿＿＿＿＿＿＿　　书在苹果＿＿＿＿＿＿＿＿＿＿＿

张玲在立德的＿＿＿＿＿＿＿＿＿　　立德在小真和张玲的＿＿＿＿＿＿＿）

b.¿Qué hay cerca de la escuela? Escríbelo
學校附近有什麼？請寫下來。例：學校附近有書店。

（学校附近有什么？请写下来。例：学校附近有书店。）

_____

_____

_____

c.¿Cuánto cuesta?
多少錢？（多少钱？）

(1) Contesta a las siguientes preguntas de acuerdo con las imágenes

請根據圖片，回答下列問題：(请根据图片，回答下列问题：)

豆漿 15 元
(豆浆 15 元)

蛋餅 20 元
(蛋饼 20 元)

包子 2 個 30 元
(包子 2 个 30 元)

熱狗 25 元
(热狗 25 元)

一杯豆漿，一個蛋餅，和一條熱狗一共多少錢？＿＿＿＿＿＿＿＿＿＿

(一杯豆浆，一个蛋饼，和一条热狗一共多少钱？＿＿＿＿＿＿＿＿＿＿)

兩個蛋餅和一個包子一共多少錢？＿＿＿＿＿＿＿＿＿＿

(两个蛋饼和一个包子一共多少钱？＿＿＿＿＿＿＿＿＿＿)

一杯豆漿、一個蛋餅、一個包子和一條熱狗多少錢？＿＿＿＿＿＿＿＿＿＿

(一杯豆浆、一个蛋饼、一个包子和一条热狗多少钱？＿＿＿＿＿＿＿＿＿＿)

(2) Juego de roles: El compañero A va a la cafetería y el compañero B es el dueño. Compra el desayuno y pregunta por su precio:

角色扮演：A 同學去早餐店，B 同學是老闆，請買早餐及問價錢。

(角色扮演：A 同学去早餐店，B 同学是老板，请买早餐及问价钱。)

老闆：你好！請問你要吃什麼？

同學 A：我要＿＿＿＿＿蛋餅，＿＿＿＿＿包子，＿＿＿＿＿熱豆漿，＿＿＿＿＿熱狗。

老闆：你要外帶還是在裡面吃？

同學 A：我要外帶，一共多少錢？

老闆：蛋餅＿＿＿＿＿塊，包子＿＿＿＿＿塊，豆漿＿＿＿＿＿塊，熱狗＿＿＿＿＿塊，

　　　一共＿＿＿＿＿塊。

同學 A：這是＿＿＿＿＿塊。

老闆：這是你的早餐，謝謝！再見！

同學 A：再見！

（老板：你好！请问你要吃什么？

同学 A：我要＿＿＿＿＿蛋饼，＿＿＿＿＿包子，＿＿＿＿＿热豆浆，＿＿＿＿＿热狗。

老板：你要外带还是在里面吃？

同学 A：我要外带，一共多少钱？

老板：蛋饼＿＿＿＿＿块，包子＿＿＿＿＿块，豆浆＿＿＿＿＿块，热狗＿＿＿＿＿块，

　　　一共＿＿＿＿＿块。

同学 A：这是＿＿＿＿＿块。

老板：这是你的早餐，谢谢！再见！

同学 A：再见！）

III Datos lingüísticos reales
真實語料（真实语料）

麥味登 MENU — my warm day — 早餐速食連鎖的美食家

外帶：　內用桌號：　合計

台南縣永康市大仁街40號
訂購專線：(06)2737-808
麥味登精緻早餐　崑山店

套餐系列 （飲料另選折抵10元）

兒童套餐（薯條+雞塊+熱狗） □紅茶□鮮奶茶□冰□熱	50
招牌套餐（藍莓抹果醬+洋芋沙拉+蛋+紅茶/奶茶） □紅茶□鮮奶茶□冰□熱	65
法式套餐（法式麵包抹香蒜+蔬菜沙拉+培根+薯餅+蛋+紅茶/奶茶） □紅茶□鮮奶茶□冰□熱	70
幸福套餐（法式湯種+德式香腸+洋芋沙拉+紅茶/奶茶） □紅茶□鮮奶茶□冰□熱	75
樂活套餐（法式麵包抹奶油+蛋+黑胡椒雞排+蔬菜沙拉） □果汁□咖啡□冰□熱	80

中式餐點 加蛋或加起司另加5元

全麥蛋餅	20	蘿蔔糕□蛋	25
火腿全麥蛋餅	25	鍋貼□蛋	25
培根全麥蛋餅	25	主廚濃湯	20
玉米全麥蛋餅	25	蔥抓餅□蛋	15
芝士全麥蛋餅	25	南瓜抓餅□蛋	20
鮪魚全麥蛋餅	30		
燻雞蛋餅	30	鐵板麵	35
鮮蔬全麥蛋餅	30	□蘑菇□黑胡椒□蛋	
大阪燒全麥蛋餅	35	大阪燒炒麵	45

活力堡系列

中式潛艇堡　加蛋或加起司另加5元

□鮮蔬□洋芋鮮蔬	□加蛋□加起司	35
燒烤豬肉片	□加蛋□加起司	45
□檸檬雞□豬排	□加蛋□加起司	45
培根芝士	□加蛋	45
卡啦雞腿	□加蛋□加起司	55
超厚牛肉芝士	□加蛋	55

歐式招牌堡　加蛋或加起司另加5元

鮮蔬	□加蛋□加起司	35
培根芝士	□加蛋	45
□檸檬雞□燻雞	□加蛋□加起司	45
黑胡椒豬排	□加蛋□加起司	50

PITA堡 （口袋堡）均含蛋　加起司另加5元

鮮蔬	□加起司	35
□檸檬雞□大阪燒□燻雞	□加起司	45
□藍帶豬排	□加起司	55
卡啦雞腿(原/辣)	□加起司	55

橫濱湯種三明治

田園	35	檸檬雞	35
洋芋	35	卡啦雞	35
香雞	35	燻雞	35

法式潛艇堡

檸檬雞	45	德式香腸	45
大阪燒	45	培根	45

※燒烤現做需等待

蔬果沙拉系列

火腿沙拉	45	燻雞沙拉	50
洋芋沙拉	45	蔬果沙拉	50

Brunch系列 以下套餐加任何一飲料可享折扣10元

雞翅套餐（香炸雞翅+薯條+法式麵包抹香蒜+荷包蛋）	65
墨西哥手捲餐（燻雞手捲+杏力蛋+法式麵包抹香蒜）	70
丹麥漢堡餐（燒烤豬肉片丹麥堡+蛋+水果沙拉）	75

全麥漢堡系列 加蛋或加芝士另加5元

□火腿□夾蛋	□加蛋□加芝士	20
□豬肉□鮪魚玉米	□加蛋□加芝士	25
□香雞○洋芋○鮮蔬	□加蛋□加芝士	30
培根芝士	□加蛋	30
□燒烤豬肉片○素漢堡	□加蛋□加芝士	35
□香燻雞□檸檬雞	□加蛋□加芝士	35
黑胡椒豬排	□加蛋□加芝士	35
藍帶豬排	□加蛋□加芝士	45
卡啦雞腿□原□辣	□加蛋□加芝士	45
超厚牛肉芝士	□加蛋	50

烤波浪土司系列 加蛋或加芝士另加5元

□火腿□夾蛋	□加蛋□加芝士	15
□肉鬆○鮮蔬	□加蛋□加芝士	20
□豬肉□鮪魚玉米	□加蛋□加芝士	25
□香雞○洋芋鮮蔬	□加蛋□加芝士	25
培根芝士	□加蛋	30
□燒烤豬肉片○素漢堡	□加蛋□加芝士	35
□燻雞□檸檬雞	□加蛋□加芝士	35
黑胡椒豬排	□加蛋□加芝士	35
藍帶豬排	□加蛋□加芝士	40
卡啦雞腿□原□辣	□加蛋□加芝士	40
超厚牛肉芝士	□加蛋	50
□總匯豬排□總匯卡拉雞腿	□加芝士	50

□花生□草莓	□10薄片□20湯種厚片
□巧克力□奶油	□10薄片□20湯種厚片
□奶酥□香蒜□藍莓	□10薄片□20湯種厚片

點心系列

熱狗	10	香炸雞翅	25
△角翼餅	15	麥克雞塊	30
美國脆薯	20	卡拉雞腿原/辣	35
雞塊小不點	25	香燻雞柳條	35
德式香腸	25	荷包蛋	8

飲料系列 本店採用林鳳營鮮奶

豆漿	10中杯□冰□熱	15大杯□冰□熱
古早味紅茶	10中杯□冰□熱	15大杯□冰□熱
鮮奶茶	15中杯□冰□熱	20大杯□冰□熱
胚芽豆漿	15中杯□冰□熱	20大杯□冰□熱
林鳳營鮮奶	30小杯□冰	40大杯□冰
山藥薏仁漿	20中杯□冰□熱	30大杯□冰□熱
棉花糖可可	20中杯□冰□熱	30大杯□冰□熱
胚芽奶茶	20中杯□冰□熱	30大杯□冰□熱
冰咖啡二合一	25中杯□冰	35大杯□冰
百分百柳橙汁	30中杯□冰	40大杯□冰
招牌熱咖啡	30單杯□熱	
拿鐵咖啡	40單杯□冰□熱	(無糖)高山冷泡茶
焦糖咖啡	40單杯□冰□熱	15大杯

1. Observa la foto anterior. ¿Puedes deducir qué significa"huǒtuǐdàntǔsī 火腿蛋土司"?

   請你看看上面的照片，你可以猜一猜，火腿蛋土司是什麼嗎？

   （请你看看上面的照片，你可以猜一猜，火腿蛋土司是什么吗？）

2. Cuánto cuesta un wěi yú quán mài dànbǐng?

   鮪魚全麥蛋餅一個多少錢？

   （鲔鱼全麦蛋饼一个多少钱？）

七、Comprendiendo la cultura 從文化出發（从文化出发）

DE COMPRAS 購物（购物）

Tanto China como Taiwán han experimentado en estos últimos años un gran desarrollo económico y se han vuelto muy consumistas.

En la mayoría de las tiendas, almacenes y mercadillos de China (excepto en los centros comerciales tipo occidental de las grandes ciudades) hay que REGATEAR (討價還價) en el precio. Es parte de la cultura china y no se ofenden pues, de entrada, siempre piden mucho más de lo que valen los productos. En general, nunca se debe pagar más de una tercera parte del precio inicial que solicitan. Se trata de todo un arte y hay que tener mucha paciencia.

Las principales formas de comprar y de conseguir todo tipo de productos son:

1-MERCADILLOS con puestos por las calles o albergados en edificios

Los mercadillos, conocidos como freemarket, son los sitios más tradicionales para ir de compras. Se extienden por las calles con los típicos tenderetes o puestecillos, algo parecido al Rastro de los domingos en Madrid. Allí se puede comprar ropa, accesorios, zapatos y todos los productos que se venden en los bazares chinos.

Muchos de estos mercadillos, al ir aumentando de tamaño, se albergan en la actualidad en el interior de grandes edificios, resguardados del frío y de la lluvia, con puestos alquilados y gestionados de manera más formal. A veces cambian de sitio. Aunque la venta de imitaciones de productos de marca está perseguida en China, es muy fácil encontrar todo tipo de ofertas en estos mercadillos, que incluso cuentan con habitaciones secretas u ocultas tras las paredes (sobre todo con bolsos y relojes).

Algunos de los más conocidos son:

- En Beijing: Mercado de la Seda Xiushuixiu (antes se extendía por los alrededores de la Avda. Chang´an. Cambió de ubicación en 2005 y ahora más de 1.700 puestos en un edificio con cinco plantas).

- En Shanghai: el famoso Mercado Xiangyang se cerró en verano de 2006. Luego se montó otro parecido, el Mercado Yatai, en los sótanos colindantes del Museo de Shanghai, en la céntrica Plaza del Pueblo.

- En Xi´An: en la calle Huimin Jie, junto a la Torre del Tambor, en el Barrio Musulmán.

- En Taipei: como en Taiwán por el día hace mucho calor, la gente suele salir por la noche a comprar, cenar o picar algo en los "mercados nocturnos", que abundan en todas las ciudades. Los más destacados son los de FengJia (Taichong) , de Shilin (Taipei), Liuhe (Gaoxiong) .

Los turistas también visitan con frecuencia estos mercados tradicionales, ya que allí pueden conseguir gran variedad de productos artesanales, como abanicos, pinceles, cerámicas, grabados, elementos decorativos realizados en bronce y jade, etc.

2- CENTROS COMERCIALES CON PRODUCTOS DE MARCAS

En las grandes ciudades, como Beijing, Shanghai, Taipei, etc. abundan los grandes almacenes y centros comerciales con todo tipo de productos de marca. Al igual que en los países occidentales, en la zona céntrica hay numerosos establecimientos tipo El Corte Inglés. Aquí los productos suelen ser de mayor calidad y garantía.

En las grandes ciudades hay calles comerciales, como la famosa Calle Wangfujing de Beijing o la Calle Nanjing de Shanghai, donde se juntan las tiendas y los centros comerciales para facilitar las compras. En Taipei destaca la zona de Ximending, la calle Zhongxiao donglu y el edificio de Taipei 101.

Allí se venden marcas de todo el mundo, pero las occidentales suelen ser mucho más caras por el impuesto de importación. Eso explica el afán de los chinos por comprar productos de marca cuando viajan a países occidentales; así, p.ej. en los viajes organizados por Madrid dedican una mañana o una tarde entera a hacer compras por Las Rozas Village. El turismo chino, frente al de otras nacionalidades, no suele ser de sol y playa, sino de compras.

COMPRAS ONLINE

Son cada vez más frecuentes en China y en Taiwán. Los comerciantes tienen la ventaja de ahorrar en alquiler y mano de obra, y los clientes de comprar todo tipo de productos sin necesidad de salir de casa: accesorios de telefonía y de informática, electrónica, moda, salud y belleza, casa y jardinería, juguetes, deportes, bodas y eventos, etc.

Las páginas web de compras más visitadas son Taobao, Jingdong y Dangdang.

Las grandes empresas de comercio electrónico ofrecen también espectaculares promociones de ventas en días especialmente diseñados para incentivar la fiebre consumista, como p.ej., el "Black Friday", el "Ciberlunes", el "Día del soltero" (11 de noviembre), etc.

第七課 在餐廳吃飯（第七课 在餐厅吃饭）
En el restaurante

Objetivos de Aprendizaje 本課重點 （本课重点）

① Pedir la comida y pagar la cuenta en el restaurante.
在餐廳點菜、買單（在餐厅点菜、买单）

② Presentar el restaurante
介紹餐廳（介绍餐厅）

③ Uso del sufijo verbal experiencial "guò" 過
表示經驗助詞「過」的用法（表示经验助词「过」的用法）

④ Uso de la partícula oracional "le" 了 para expresar cambio de situación
表示變化或新情況助詞「了」的用法（表示变化或新情况助词「了」的用法）

⑤ Uso de "bǐ" 比 para expresar comparación.
用助詞「比」表示比較的用法（用助词「比」表示比较的用法）

⑥ "Verbo + "yíxià" 一下 ; Adverbio "zài" 再
「v 一下」的用法，副詞「再」的用法（「v 一下」的用法，副词「再」的用法）

⑦ Uso de "yòu... yòu..." 又…又…
「又…又…」的用法（「又…又…」的用法）

一、Texto 課文（课文）🔊

Parte A Pedir la comida
點菜（点菜）

Situación: Zhongping y Juan van a un restaurante chino en España.
情境介紹：中平和胡安到西班牙的中國餐廳吃中國菜。（情境介紹：中平和胡安到西班牙的中国餐厅吃中国菜。）

服務生：你們好！這是我們的菜單，兩位想點什麼？

中平：謝謝！胡安，你想吃什麼呢？

胡安：我沒有吃過中國菜，也看不懂菜單，你能不能介紹一下？

中平：好！你想吃肉，還是吃魚？

胡安：我喜歡吃雞肉。

中平：我想吃魚，好久沒吃魚了！喔！對了，你喜歡什麼口味？

胡安：我比較喜歡酸酸甜甜的味道。

中平：我喜歡辣的。

服務生：兩位要點菜了嗎？請問要點什麼菜？

中平：我們點一個糖醋雞丁，一個紅燒魚和一個麻婆豆腐。

服務生：請問要喝什麼飲料？

胡安：我要一杯啤酒。

中平：我要喝香片。

服務生：好！馬上來。

服务生：你们好！这是我们的菜单，两位想点什么？

中平：谢谢！胡安，你想吃什么呢？

胡安：我没有吃过中国菜，也看不懂菜单，你能不能介绍一下？

中平：好！你想吃肉，还是吃鱼？

胡安：我喜欢吃鸡肉。

中平：我想吃鱼，好久没吃鱼了！喔！对了，你喜欢什么口味？

胡安：我比较喜欢酸酸甜甜的味道。

中平：我喜欢辣的。

服务生：两位要点菜了吗？请问要点什么菜？

中平：我们点一个糖醋鸡丁，一个红烧鱼和一个麻婆豆腐。

服务生：请问要喝什么饮料？

胡安：我要一杯啤酒。

中平：我要喝香片。

服务生：好！马上来。

 Preguntas 問題（问题）

1. **胡安吃過中國菜嗎？**（胡安吃过中国菜吗？）

....

2. **胡安喜歡什麼味道？**（胡安喜欢什么味道？）

....

3. **中平點什麼菜？**（中平点什么菜？）

....

4. **胡安點什麼飲料？**（胡安点什么饮料？）

....

Parte B Pagar la cuenta
買單（买单）

Situación: La amiga de Lide, Xiao Zhen, le invita a un restaurante español en Taibei.

情境介紹：立德的朋友小真請他去台北的西班牙餐廳吃飯。（情境介紹：立德的朋友小真请他去台北的西班牙餐厅吃饭。）

小真：小姐，我們要買單。

服務生：好，請等一下！…小姐，沙拉、牛排、西班牙海鮮飯、蘋果派、黑森林蛋糕、一杯紅酒和一瓶啤酒，一共是兩千一百一十五塊錢。

立德：對不起！我們要分開算，各付各的。

小真：你上個禮拜請我看電影，今天我請你吃飯，好嗎？

立德：好啊！謝謝你！

小真：不客氣！

服務生：請問你要刷信用卡，還是付現金？

小真：我刷卡。

立德：小真，這家餐廳的菜不錯。

小真：我也覺得好吃，我們下次再來。

立德：下次我請你。

小真：小姐，我们要买单。

服务生：好，请等一下！⋯小姐，沙拉、牛排、西班牙海鲜饭、苹果派、黑森林
蛋糕、一杯红酒和一瓶啤酒，一共是两千一百一十五块钱。

立德：对不起！我们要分开算，各付各的。

小真：你上个礼拜请我看电影，今天我请你吃饭，好吗？

立德：好啊！谢谢你！

小真：不客气！

服务生：请问你要刷信用卡，还是付现金？

小真：我刷卡。

立德：小真，这家餐厅的菜不错。

小真：我也觉得好吃，我们下次再来。

立德：下次我请你。

 Preguntas 問題（问题）

1. 小真和立德吃哪些菜？（小真和立德吃哪些菜？）

....

2. 為什麼小真要請立德吃飯？（为什么小真要请立德吃饭？）

....

3. 小真是刷信用卡，還是付現金？（小真是刷信用卡，还是付现金？）

....

4. 小真和立德為什麼想再去那家餐廳？（小真和立德为什么想再去那家餐厅？）

....

Parte C Presentar el restaurante
介紹餐廳（介绍餐厅）

Situación: Li Ming, Zhang Ling y Xiaohong quieren buscar un restaurante especial para ir a comer después de un duro día del trabajo.

情境介紹：一天很累的工作之後，李明，張玲和小紅想找一家特別的餐廳去吃飯。

（情境介紹：一天很累的工作之后，李明，张玲和小红想找一家特别的餐厅去吃饭。）

李明：小紅，今天好累啊！聽說公司附近有很多好吃的餐廳，你可以介紹一家嗎？

張玲：是啊！現在我肚子好餓，真想大吃一頓。

小紅：你們喜歡什麼口味的菜呢？

張玲：我喜歡又辣又鹹的四川菜。

李明：四川菜比北方菜辣嗎？

小紅：對！北方菜沒有四川菜那麼辣。

李明：太辣的菜我不喜歡。我比較喜歡口味淡一點的菜。

張玲：我喜歡的口味比你的重多了。

小紅：你們兩位的口味這麼不一樣，我想一想，我們應該去什麼餐廳呢？啊！我想到了…

李明、張玲：什麼餐廳？

小紅：我們去吃君悅大飯店的自助餐，你們愛吃什麼就吃什麼，想吃多少就吃多少。

李明：小红，今天好累啊！听说公司附近有很多好吃的餐厅，你可以介绍一家
　　　吗？

张玲：是啊！现在我肚子好饿，真想大吃一顿。

小红：你们喜欢什么口味的菜呢？

张玲：我喜欢又辣又咸的四川菜。

李明：四川菜比北方菜辣吗？

小红：对！北方菜没有四川菜那么辣。

李明：太辣的菜我不喜欢。我比较喜欢口味淡一点的菜。

张玲：我喜欢的口味比你的重多了。

小红：你们两位的口味这么不一样，我想一想，我们应该去什么餐厅呢？啊！我
　　　想到了…

李明、张玲：什么餐厅？

小红：我们去吃君悦大饭店的自助餐，你们爱吃什么就吃什么，想吃多少就吃多
　　　少。

 Preguntas 問題（问题）

1. 張玲喜歡什麼口味的菜？（张玲喜欢什么口味的菜？）

2. 北方菜和四川菜，哪個比較辣？（北方菜和四川菜，哪个比较辣？）

3. 誰的口味比較重？（谁的口味比较重？）

4. 他們去哪裡吃飯？（他们去哪里吃饭？）

二、Vocabulario 生詞（生词）🔊

（一）Vocabulario del texto 課文生詞（课文生词）

漢字 Caracteres tradicionales	简体字 Caracteres simplificados	拼音 （拼音） Pinyin	解釋 （解释） Significado
1	愛	爱	ài	(VT) Amar
2	北方	北方	běifāng	(N) Norte
3	比	比	bǐ	(V) Comparar; (Cov.) más que (comp. de superioridad)
4	比較	比较	bǐjiào	(V) Comparar; (Adv.) Bastante
5	菜單	菜单	càidān	(N) Menú
6	茶	茶	chá	(N) Té, infusión
7	吃肉	吃肉	chī ròu	(VO) Comer carne
8	次	次	cì	(Clas.) Vez
9	醋	醋	cù	(N) Vinagre;
10	大吃一頓	大吃一顿	dàchī yídùn	(VO) Comer una comida buena
11	淡	淡	dàn	(VE) Ser o estar soso; Ser ligero; Estar pálido
12	蛋糕	蛋糕	dàngāo	(N)Torta, pastel, tarta
13	點菜	点菜	diǎn cài	(VO) Pedir platos
14	得到	得到	dédào	(VT) Conseguir, lograr
15	西班牙海鮮飯	西班牙海鲜饭	Xībānyá hǎixiānfàn	(N) Paella española
16	懂	懂	dǒng	(TV) Entender
17	豆腐	豆腐	dòufǔ	(N) Toufu
18	對了	对了	duìle	(Idiom.) Es correcto; eso es; exactamente
19	肚子	肚子	dùzi	(N) Tripa
20	餓	饿	è	(VE) Estar hambriento
21	分開	分开	fēnkāi	(VT) Separar
22	付	付	fù	(TV) Pagar

23	付錢	付钱	fù qián	(VO) Pagar (dinero)
24	服務	服务	fúwù	(N) Servicio
25	服務生 （服務員）	服务生 （服务员）	fúwùshēng (fúwùyuán)	(N) Camarero
26	各	各	gè	(Pron.) Cada uno
27	各付各的	各付各的	gèfùgède	(Idiom.)Pagar cada uno lo suyo
28	過	过	guò	(VT) Pasar, atravesar (Exp.) Sufijo verbal experiencial
29	還是	还是	háishì	(Conj.?) O (Adv.)Todavía
30	黑森林蛋糕	黑森林蛋糕	Hēisēnlín dàngāo	(N) Pastel "del bosque negro"
31	紅茶	红茶	hóngchá	(N) Té negro
32	紅酒	红酒	hóngjiǔ	(N) Vino
33	紅燒魚	红烧鱼	hóngshāoyú	(N)Pescado guisado estilo "hongshao" (dulce y gelatinoso)
34	雞	鸡	jī	(N) Gallo, gallina
35	腳	脚	jiǎo	(N) Pié
36	雞肉	鸡肉	jīròu	(N) Carne de pollo
37	君悅大飯店	君悦大饭店	Jūnyuè Dàfàndiàn	(N) Grand Hyatt Hotel
38	卡	卡	kǎ	(N) Tarjeta
39	卡片	卡片	kǎpiàn	(N) Tarjeta, carta
40	口味	口味	kǒuwèi	(N) Sabor, gusto
41	辣	辣	là	(VE) Ser o estar picante
42	禮拜	礼拜	lǐbài	(N) Semana
43	買單	买单	mǎidān	(Idiom.) Pagar la cuenta
44	麻婆豆腐	麻婆豆腐	mápódòufǔ	(N) Toufu al estilo Mapo
45	馬上	马上	mǎshàng	(Adv.) Enseguida, inmediatamente, ahora mismo
46	茉莉花茶	茉莉花茶	mòlìhuāchá	(N) Té de jazmín

47	那麼	那么	nàme	(Pron.) De esa manera; (Adv.) Tan
48	哪些	哪些	nǎxiē	(Pron.?+Clas. pl.) Qué, cuáles
49	呢	呢	ne	(Part.) Partícula modal oracional (verbo en forma progresiva: "estar+gerundio"
50	能	能	néng	(V.Aux.) Poder, ser capaz
51	牛	牛	niú	(N) Término genérico para buey, toro, vaca···
52	牛排	牛排	niúpái	(N) Filete de ternera
53	喔	喔	ō	(Interj.) oh!
54	瓶	瓶	píng	(N y Clas.) Botella
55	蘋果派	苹果派	píngguǒpài	(N) Conjunto de manzanas
56	肉	肉	ròu	(N) Carne
57	沙拉	沙拉	shālā	(N) Ensalada
58	上個	上个	shàngge	(Pron.) Lo anterior
59	刷	刷	shuā	(VT) Cepillar ; limpiar
60	刷（卡）	刷（卡）	shuā (kǎ)	(VO) Pagar con tarjeta de crédito
61	算	算	suàn	(VT) Contar, sumar
62	四川菜	四川菜	Sìchuān cài	(N) Cocina de Sichuan
63	酸酸甜甜	酸酸甜甜	suānsuāntiántián	(VE) Ser o estar agridulce
64	糖	糖	táng	(N) Azúcar
65	糖醋	糖醋	tángcù	(VE) Ser o estar agridulce
66	糖醋雞丁	糖醋鸡丁	tángcùjīdīng	(N) Piezas de pollo agridulces
67	甜	甜	tián	(VE) Ser o estar dulce
68	位	位	wèi	(N) Sitio ; rango ; lugar (Clas.) para personas
69	味道	味道	wèidào	(N) Sabor
70	下次	下次	xiàcì	(N) La próxima vez
71	鹹	咸	xián	(VE) Ser o estar salado
72	香	香	xiāng	(VE) Ser oloroso ; estar sabroso

73	想到	想到	xiǎngdào	(VT) Recordar
74	香片	香片	xiāngpiàn	(N) Té de jazmín
75	現金	现金	xiànjīn	(N) Dinero en efectivo
76	信用卡	信用卡	xìnyòngkǎ	(N) Tarjeta de crédito
77	飲料	饮料	yǐnliào	(N) Bebida
78	應該	应该	yīnggāi	(V) Deber (moral): debería
79	又	又	yòu	(Adv.) Otra vez; además
80	魚（條）	鱼（条）	yú (Met. tiáo)	(N) pescado; pez
81	這麼	这么	zhème	(Adv.) Así
82	真	真	zhēn	(VE) ser de verdad; (Adv.) verdaderamente, muy
83	重	重	zhòng	(VE) ser pesado; ser o estar fuerte (el sabor)
84	自助餐	自助餐	zìzhùcān	(N) Buffet, autoservicio

（二）Vocabulario de los ejercicios 一般練習生詞（一般练习生词）

	漢字 Caracteres tradicionales	简体字 Caracteres simplificados	拼音（拼音） Pinyin	解釋（解释） Significado
1	答案	答案	dáàn	(N) Respuesta
2	根據	根据	gēnjù	(CV) Según, de acuerdo con
3	南方	南方	nánfāng	(N) Sur
4	日文	日文	Rìwén	(N) Idioma japonés
5	酸辣湯	酸辣汤	suānlàtāng	(N) Sopa agria y picante
6	完	完	wán	(VPrinc.) Acabar (V.Result.) Acabar de
7	萬	万	wàn	(Num.) Diez mil
8	寫	写	xiě	(TV, 1) escribir

三、Ejercicios de Gramática 語法練習（语法练习）

I Uso del sufijo verbal experiencial "Guò" 過
助詞「過」的用法（助词「过」的用法）

"Guò" 過 tiene dos funciones:

1. Verbo principal ´pasar, cruzar, atravesar` (P.ej. 他過馬路 ´él cruza la carretera`)
2. Sufijo verbal que indica que la acción se ha experimentado al menos una vez en el pasado (P.ej. 我去過台灣 he ido a Taiwán). Se suele traducir por el pretérito perfecto del español.
   Se niega añadiendo 沒（有）delante del V- 過 (P.ej. 我沒去過台灣).

   En la forma interrogativa se añade 嗎？o 沒有？al final de la oración
   (P.ej. 你去過台灣嗎？ = 你去過台灣沒？)

動態助詞「過」是表示過去的經歷，通常緊接在動詞的後面，説明某種動作曾在過去發生，經常用來強調有過某種經歷；否定式是在動詞前面加「沒（有）」；疑問句是在句尾加上「嗎？」或「沒有？」。句型如下：

（动态助词「过」是表示过去的经历，通常紧接在动词的后面，说明某种动作曾在过去发生，经常用来强调有过某种经历；否定式是在动词前面加「没（有）」；疑问句是在句尾加上「吗？」或「没有？」。句型如下：）

SN/Pron.	（沒有）V（（没有）V）	過（过）	O	
你（你） 我（我） 立德（立德） 他哥哥（他哥哥）	吃（吃） 沒有学（没有学） 去（去） 看（看）	過（过）	德國菜（德国菜） 中文（中文） 台灣（台湾） 日本電影（日本电影）	吗？（吗？） 沒有？（没有？）

 Práctica: Construye oraciones utilizando sólo las palabras propuestas.
試試看：請寫出正確的句子（试试看：请写出正确的句子）

Ejemplo 例（例）：

我們 / 過 / 中國 / 去 / 沒有 。→ 我們沒有去過中國。

我们 / 过 / 中国 / 去 / 没有 。→ 我们没有去过中国。

1.. 小真 / 沒有 / 看 / 日本電影 / 過 。 → 　　　　　　　　　　。

1.. 小真 / 没有 / 看 / 日本电影 / 过 。 → 　　　　　　　　　　。

2. 中平 / 喝 / 嗎 / 西班牙啤酒 / 過 ？→ 　　　　　　　　　　？

2. 中平 / 喝 / 吗 / 西班牙啤酒 / 过 ？→ 　　　　　　　　　　？

3. 馬克 / 日文 / 過 / 學 / 沒有 。→ 　　　　　　　　　　。

3. 马克 / 日文 / 过 / 学 / 没有。→ 　　　　　　　　　　。

4. 他 / 沒有 / 一萬塊錢的大衣 / 買 / 過 。→ 　　　　　　　　　　。

4. 他 / 没有 / 一万块钱的大衣 / 买 / 过。→ 　　　　　　　　　　。

5. 你 / 嗎 / 去 / 馬德里的國家圖書館 / 過 ？→ 　　　　　　　　　　？

5. 你 / 吗 / 去 / 马德里的国家图书馆 / 过 ？→ 　　　　　　　　　　？

II Uso del interfijo potencial "dé" 得 : V1- 得 -V2
可能補語「V ＋得＋結果補語」的用法
（可能补语「V ＋得＋结果补语」的用法）

Cuando en el interior de un verbo compuesto resultativo aparece "dé" 得 , éste indica potencialidad. El V1 expresa la acción y el V2 el resultado de esa acción.

Se niega sustituyendo el interfijo 得 (´poder`) por 不 (´no poder`)

吃得完 poder terminar de comérselo todo

吃不完 no poder terminar de comérselo todo

沒吃完 no haber terminado de comérselo todo

看得懂 poder entender (leyendo)

听不懂 no poder entender (oyendo)

在「V ＋結果補語」的中間加入「得」，就變成了可能補語「V ＋得＋ 結果補語」。可能補語表示「可以」或「能夠」。否定式是把「得」換成「不」。句型如下：

（在「V ＋結果补语」的中間加入「得」，就变成了可能补语「V ＋得＋ 結果补语」。可能补语表示「可以」或「能够」。否定式是把「得」換成「不」。句型如下：)

A.	V	得/不（得/不）	RC/RE
	看（看）	得（得）	到（到）
	聽（听）	不（不）	懂（懂）
	吃（吃）		完（完）

B.	V	RC/RE	了
	看（看）	到（到）	
	聽（听）	懂（懂）	了（了）
	吃（吃）	完（完）	

C.	沒	V	RC/RE
	沒（没）	看（看）	到（到）
		聽（听）	懂（懂）
		吃（吃）	完（完）

Práctica: Transforma estas oraciones utilizando "V ＋不＋ compl.resultativo"

試試看：用「V ＋不＋結果補語」的形式改寫句子

（试试看：用「V ＋不＋结果补语」的形式改写句子）

Ejemplo 例（例）：

我喝得完三瓶酒。（我喝得完三瓶酒。）

→ [我喝不完三瓶酒。（我喝不完三瓶酒。）]

1. 立德找得到中文書店。（立德找得到中文书店。）

→ [   ]

2. 小紅吃得完四個蛋餅。（小红吃得完四个蛋饼。）

→ [   ]

3. 中平看得懂德文菜單。（中平看得懂德文菜单。）

→ [   ]

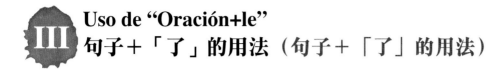

III Uso de "Oración+le"
句子＋「了」的用法（句子＋「了」的用法）

Cuando 「了」aparece al final de la oración, significa el cambio o la situación nueva, por ejemplo, 「好久沒吃魚了。」significa que comían el pescado a menudo en el pasado.

「了」出現在句尾時，表示變化或出現新的情況。例如：「好久沒吃魚了。」表示以前常吃魚。

（「了」出現在句尾时，表示变化或出现新的情况。例如：「好久没吃鱼了。」表示以前常吃鱼。）

Práctica: Traduce estas oraciones al chino utilizando la partícula modal oracional de cambio de situación "le" 了

試試看：請用「了」寫出正確的句子

（试试看：请用「了」写出正确的句子）

Ejemplo 例（例）：

Él ya lo ha entendido

→ 他懂了。（他懂了。）

1.Antes no sabía qué iba a pedir pero ahora ya lo sé

→

2.Antes no estaba pero ahora ya ha llegado

→

3.Antes no tenía amigos, pero ahora ya tiene uno.

→

4.Ayer estuvo todo el día fuera, pero hoy ya quiere ir a casa.

→

5.Ya me he bebido tres vasos de té de jazmín

→

 IV

Uso de los verbos estativos reduplicados como modificadores de un nombre: "AA 的" / AABB 的 + SN")
（SV 重迭「AA 的」、「AABB 的」的用法）

Cuando se reduplica un verbo estativo y se añade la partícula "de" 的 delante de un nombre, el conjunto funciona como un modificador del nombre.

Los verbos estativos de 1 sílaba se reduplican con "AA 的" (香香的味道 , 甜甜的水果 :) y los de 2 sílabas con "AABB 的" (酸酸甜甜的菜).

"AA 的" o "AABB 的" indican ya por sí mismos un grado superlativo, por lo que no admiten otros adverbios de grado o cantidad (como 很 , 太 , 比較 , etc.).

單音節狀態動詞的重疊形式是「AA 的」，而雙音節狀態動詞的重疊形式是「AABB 的」。當「AA 的」或「AABB 的」出現在定語、謂語的位置，因有描述程度的功能，所以在前面不可再使用程度副詞。句型如下：

（单音节状态动词的重迭形式是「AA 的」，而双音节状态动词的重迭形式是「AABB 的」。当「AA 的」或「AABB 的」出现在定语、谓语的位置，因有描述程度的功能，所以在前面不可再使用程度副词。句型如下：）

A. 定語：

AA/AABB	的（的）	SN
辣辣（辣辣） 甜甜（甜甜） 酸酸甜甜（酸酸甜甜）	得（得） 不（不）	四川菜（四川菜） 豆漿（豆浆） 味道（味道）

B. 謂語：

SN	AA/AABB	的（的）
四川菜（四川菜） 豆漿（豆浆） 味道（味道）	辣辣（辣辣） 甜甜（甜甜） 酸酸甜甜（酸酸甜甜）	的（的） 不（不）

Práctica: Reduplica los verbos en forma de "AA 的" o "AABB 的"
試試看：改為「AA 的」或「AABB 的」

（試试看：改为「AA 的」或「AABB 的」）

Ejemplo 例（例）：

很香的味道（很香的味道）

→ [香香的味道（香香的味道）   ]

1. 蛋糕很甜（蛋糕很甜）

→ [   ]

2. 很熱的酸辣湯（很热的酸辣汤）

→ [   ]

3. 四川菜又鹹又辣（四川菜又咸又辣）

→ [   ]

Uso de "V+ yíxià" 一下
「V ＋一下」的用法（「V ＋一下」的用法）

"V ＋ 一下" sirve para enfatizar la brevedad de una acción (看一下 : ´mira un momento, echa una ojeada`; 等一下 : ´espera un poco`). Si aparece un complemento directo éste se coloca detrás de 一下 (看一下中書).

「動詞＋一下」表示動作經歷的時間短，它的作用和動詞重疊相當。如果動詞後面有賓語，通常放在「一下」的後面。句型如下：

「动词＋一下」表示动作经历的时间短，它的作用和动词重迭相当。如果动词后面有宾语，通常放在「一下」的后面。句型如下：

V	Num.-Clas.	O
等（等） 看（看） 算（算） 介紹（介绍）	一下（一下）	小紅（小红） 德文書（德文书） 多少錢（多少钱） 菜單（菜单）

Práctica: Rellena con "V 一下"
試試看：填入「V 一下」（試試看：填入「V 一下」）

Ejemplo 例（例）：

我可以 ＿＿＿＿ 試穿一下 ＿＿＿＿（試穿）這件衣服嗎？。

（我可以 ＿＿＿＿ 試穿一下 ＿＿＿＿（試穿）这件衣服吗？）

1. 你可以 ＿＿＿＿＿＿＿＿（介紹）這家餐廳嗎？

（你可以 ＿＿＿＿＿＿＿＿（介绍）这家餐厅吗？）

2. 我們可以先 ＿＿＿＿＿＿＿＿（看）菜單嗎？

（我们可以先 ＿＿＿＿＿＿＿＿（看）菜单吗？）

3. 請你 ＿＿＿＿＿＿＿＿（等），小真現在很忙。

（请你 ＿＿＿＿＿＿＿＿（等），小真现在很忙。）

4. 請你 ＿＿＿＿＿＿＿＿（來）我家。

（请你 ＿＿＿＿＿＿＿＿（来）我家。）

5. 你可以 ＿＿＿＿＿＿＿＿（說）你為什麼不來上課嗎？

（你可以 ＿＿＿＿＿＿＿＿（说）你为什么不来上课吗？）

 Uso del adverbio "zài" 再
副詞「再」的用法（副词「再」的用法）

El adverbio "zài" 再 señala la repetición de la acción ('de nuevo, otra vez') en el futuro. Se coloca siempre delante del verbo. Para el pasado se usa el adverbio "yòu" 又。

P.ej. 我們下次再來：'la próxima vez vendremos de nuevo'

他明天再去看電影：'mañana iré otra vez al cine'

他昨天又了：'él vino de nuevo ayer'

副詞「再」表示動作或情況將要繼續或將來重複，例如：「我們下次再來。」表示來過這一次之後，還會繼續來第二次，而第二次是尚未實現的動作。

（副词「再」表示动作或情况将要继续或将来重复，例如：「我们下次再来。」表示来过这一次之后，还会继续来第二次，而第二次是尚未实现的动作。）

Práctica: Rellena con 「再」o「X」
試試看：填入「再」或「X」（试试看：填入「再」或「X」）

Ejemplo 例（例）：

這個電影很好看，我要 ＿＿＿ 再 ＿＿＿ 看一次 ＿＿X＿＿ 。

（这个电影很好看，我要 ＿＿＿ 再 ＿＿＿ 看一次 ＿＿X＿＿ 。）

1. 這家餐廳不錯，我們 ＿＿＿ 下次 ＿＿＿ 來。

（这家餐厅不错，我们 ＿＿＿ 下次 ＿＿＿ 来。）

2. 這件大衣很好看，你要不要 ＿＿＿ 買 ＿＿＿ 一件。

（这件大衣很好看，你要不要 ＿＿＿ 买 ＿＿＿ 一件。）

3. 你要不要 ＿＿＿ 點 ＿＿＿ 一杯酒？

（你要不要 ＿＿＿ 点 ＿＿＿ 一杯酒？）

4. 請你 ＿＿＿ 想一下，＿＿＿ 那家餐廳叫什麼？

（请你 ＿＿＿ 想一下，＿＿＿ 那家餐厅叫什么？）

5.＿＿＿ 吃 ＿＿＿ 一點，你好久沒吃魚了。

（＿＿＿ 吃 ＿＿＿ 一点，你好久没吃鱼了。）

VII Forma de expresar la comparación
表示比較的用法 （表示比较的用法）

La comparación de superioridad se forma colocando el coverbo "bî" 比 entre los dos sintagmas nominales (o pronombres) que se comparan y, a continuación, un verbo estativo.

Cuando 比 funciona como verbo significa ´comparar`.

La estructura es: "SN1 + 比 + SN2 + VE"

他比我高：´él es más alto que yo`

Se niega siempre con 不：

他不比我高：´él no es más alto que yo`

這次考試不比上次容易：´este examen no es más fácil que el anterior`

      Se puede reforzar con "duole" 多了 al final:

      他比我高多了：´él es mucho más alto que yo`

介詞「比」可以比較兩個事物的性質或特點，用「比」進行比較是漢語中最常用的一種形式。句型如下：

（介词「比」可以比较两个事物的性质或特点，用「比」进行比较是汉语中最常用的一种形式。句型如下：）

SN1/Pron.1	V	SN2/Pron.2	VE（多了）
他（他） 四川菜（四川菜） 我的書（我的书）	（不）比 （不）比	小真（小真） 北方菜（北方菜） 他的書（他的书）	忙（忙） 辣（辣） 重（重）

除了形容詞謂語句之外，動詞謂語句也可以用「比」表示比較。否定句「比」用「沒有…那麼／這麼」句型。

（除了形容词谓语句之外，动词谓语句也可以用「比」表示比较。否定句「比」用「没有…那么／这么」句型。）

SN1/Pron.1	V	SN2/Pron.2		(AV)VO
他（他） 我（我） 李明（李明）	（不）比	小真（小真） 他（他） 我（我）		喜歡看書（喜欢看书） 喜歡踢足球（喜欢踢足球） 想學中文（想学中文）
中平（中平）	沒有（没有）	我（我）	那麼／這麼 （那么／这么）	想看電影（想看电影）

Nota： Cuando el sujeto de los dos elementos que se comparan con 比 es el mismo, se puede omitir uno de ellos.

補充：如果「比」的前後兩個成分是名詞性詞組，而且中心語的名詞相同時，常常省去「比」後面的中心語，例如：「我喜歡的口味比你喜歡的口味重。」常常使用「我喜歡的口味比你的重。」省略了「喜歡的口味」。

（补充：如果「比」的前后两个成分是名词性词组，而且中心语的名词相同时，常常省去「比」后面的中心语，例如：「我喜欢的口味比你喜欢的口味重。」常常使用「我喜欢的口味比你的重。」省略了「喜欢的口味」。）

 Práctica: Combina las dos oraciones en una utilizando 比

試試看：將兩句合併成一句（试试看：将两句合并成一句）

Ejemplo 例（例）：

小真喜歡唱歌。（小真喜欢唱歌。）

小紅很喜歡唱歌。（小红很喜欢唱歌。）

→［ 小紅比小真喜歡唱歌。（小红比小真喜欢唱歌。）   ］

1. 四川菜很辣。（四川菜很辣。）

南方菜有一點辣。（南方菜有一点辣。）

→ [   ]

2. 我的大衣兩千八百塊。（我的大衣两千八百块。）

立德的大衣兩千塊。（立德的大衣两千块。）

→ [   ]

3. 馬克喜歡吃雞肉。（马克喜欢吃鸡肉。）

張玲不太喜歡吃雞肉。（张玲不太喜欢吃鸡肉。）

→ [   ]

4. 中平天天運動。（中平天天运动。）

馬克一個星期運動一次。（马克一个星期运动一次。）

→ [   ]

5. 蘋果蛋糕甜甜的。（苹果蛋糕甜甜的。）

Stollen 蛋糕非常甜。(Stollen 蛋糕非常甜。)

→ [   ]

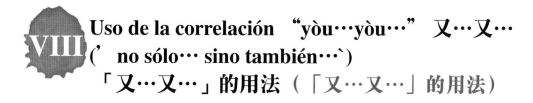

VIII Uso de la correlación "yòu…yòu…" 又…又…
(‵no sólo… sino también…`)
「又…又…」的用法（「又…又…」的用法）

La correlación "yòu…yòu…" 又 … 又 … indica dos acciones o estados que se suman. Equivale a la correlación del español "no sólo… sino también…".

Ej.: 她又漂亮又 明：'ella no sólo es guapa sino también inteligente` (= 'ella es guapa e inteligente`)

No se permite añadir el adverbio de cantidad 很 ni ningún otro.

副詞「又」構成「又…又…」時，表示兩種同性質的狀態、動作或情況累積在一起，不可加程度副詞「很」。句型如下：

　　（副詞「又」构成「又…又…」时，表示两种同性质的状态、动作或情况累积在一起，不可加程度副词「很」。句型如下：）

又…又…
又 SV1 又 SV2
（又 SV1 又 SV2）
又忙又累
（又忙又累）

 Práctica: Construye oraciones con "又…又…"
試試看：根據題目條件用「又…又…」來造句
（试试看：根据题目条件用「又…又…」来造句）

Ejemplo 例（例）：

這個菜很鹹，也很辣。（这个菜很咸，也很辣。）

→ [這個菜又鹹又辣。（这个菜又咸又辣。）]

1. 張先生長得很高，也很好看。（张先生长得很高，也很好看。）

→ [ ]

2. 北京烤鴨很香，也很好吃。（北京烤鸭很香，也很好吃。）

→ [ ]

3. 小明覺得很冷，也很餓。（小明觉得很冷，也很饿。）

→ [ ]

4. 這家店的衣服很難看，也很貴。（这家店的衣服很难看，也很贵。）

→ [ ]

5. 蛋餅很好吃，也很便宜。（蛋饼很好吃，也很便宜。）

→ [ ]

四、Descripción de los caracteres chinos
漢字説明（汉字说明）

心 [xīn] corazón

Combinaciones: 心 (xīn)corazón

　　　　　　愛 (ài) amar

　　　　　　意 (yì) idea, pensamiento

　　　　　　思 (sī) idea, pensamiento

　　　　　　想 (xiǎng)

　　　　　　感 (gǎn)

　　　　　　忘 (wàng)

　　　　　　急 (jí)

　　　　　　忠 (zhōng)

　　　　　　念 (niàn)

　　　　　　必 (bì)

　　　　　　息 (xí)

　　　　　　您 (nín)

　　　　　　悶 (mèn)

　　　　　　應 (yīng)

　　　　　　戀 (liàn)

　　　　　　情 (qíng)

　　　　　　忙 (máng)

　　　　　　快 (kuài)

　　　　　　愉 (yú)

　　　　　　怕 (pà)

　　　　　　怪 (guài)

　　　　　　惜 (xí)

　　　　　　悔 (huǐ)

五、Audición 聽力練習（听力练习）◄))

I. Escucha el diálogo. ¿Qué has entendido?

II. Escucha el diálogo otra vez. Esta vez el diálogo se divide en tres partes. Selecciona la respuesta correcta según el contenido.

試試看：

Ⅰ.請聽一段對話，試試看，你聽到什麼。

Ⅱ.請再聽一次對話。這次對話將分成三段播放，請根據每段話內容，選出正確的答案。

（试试看：

Ⅰ.请听一段对话，试试看，你听到什么。

Ⅱ.请再听一次对话。这次对话将分成三段播放，请根据每段话内容，选出正确的答案。）

Parte1 第一段 （第一段）

1. 他們什麼時候去吃飯？（他们什么时候去吃饭？）

a) 早上。（早上。）

b) 中午。（中午。）

c) 晚上。（晚上。）

2. 張玲不吃什麼口味的菜？（张玲不吃什么口味的菜？）

a) 鹹的菜。（咸的菜。）

b) 辣的菜。（辣的菜。）

c) 酸的菜。（酸的菜。）

3. 他們去哪裡吃飯？（他们去哪里吃饭？）

a) 四川餐廳。（四川餐厅。）

b) 西班牙餐廳。（西班牙餐厅。）

c) 中國餐廳。（中国餐厅。）

Parte 2　第二段（第二段）

4. 誰去過那家餐廳？（谁去过那家餐厅？）

a) 三個人都去過。（三个人都去过。）

b) 三個人不都去過 。（三个人不都去过 。）

c) 三個人都沒去過。（三个人都没去过。）

5. 他們沒點什麼菜？（他们没点什么菜？）

a) 紅燒肉。（红烧肉。）

b) 麻婆豆腐。（麻婆豆腐。）

c) 糖醋雞丁。（糖醋鸡丁。）

Parte 3　第三段（第三段）

6. 張玲點什麼飲料？（张玲点什么饮料？）

a) 茶。（茶。）

b) 紅酒。（红酒。）

c) 啤酒。（啤酒。）

六、 Ejercicios de combinación
綜合練習（综合练习）

Vocabulario de ejercicios　綜合練習生詞（综合练习生词）🔊

	漢字 Caracteres tradicionales	简体字 Caracteres simplificados	拼音（拼音） Pinyin	解釋（解释） Significado
1	並	并	bìng	(Conj.) Y, además
2	宮保	宫保	gōngbǎo	(N) Gongbao
3	宮保雞丁	宫保鸡丁	gōngbǎojīdīng	(N) Tiras de pollo al estilo "gongbao" (picantes y con cacahuetes)
4	宮保牛肉	宫保牛肉	gōngbǎoniúròu	(N) Ternera estilo "gongbao"

5	瓜	瓜	guā	(N) Cucurbitácea (vale para melón, sandía, calabaza, pepino…)
6	好	好	hǎo	(Adv.) Muy (coloquial, en vez de 很)
7	紅燒豆腐	红烧豆腐	hóngshāodòufǔ	(N) Toufu al estilo "hongshao" (estofado dulce y gelatinoso)
8	回答	回答	huídá	(TV) Responder
9	雞丁	鸡丁	jīdīng	(N) Tiras de pollo
10	咖啡	咖啡	kāfēi	(N) Café
11	可樂	可乐	kělè	(N) Coca cola 可口可樂 kěkǒu kělè
12	苦	苦	kǔ	(VE) Ser amargo
13	苦瓜	苦瓜	kǔguā	(N) Balsamina, momórdica (clase de cucurbitácea)
14	苦瓜牛肉	苦瓜牛肉	kǔguāniúròu	(N) Ternera con balsamina
15	辣椒	辣椒	làjiāo	(N) Pimienta, chile
16	辣子	辣子	làzi	(N) Pimienta rojo
17	辣子雞丁	辣子鸡丁	làzijīdīng	(N) Pollo picante
18	牛肉	牛肉	niúròu	(N) Carne de ternera
19	巧克力	巧克力	qiǎokèlì	(N) Chocolate
20	認識	认识	rènshì	(TV) Conocer
21	肉絲	肉丝	ròusī	(N) Carne picada
22	如果	如果	rúguǒ	(Conj.)Si (condición)
23	燒	烧	shāo	(VT) Guisar, cocinar
24	酸	酸	suān	(VE) Ser o estar agrio
25	酸菜	酸菜	suāncài	(N) Chucrut (col agria)
26	酸菜肉絲	酸菜肉丝	suāncàiròusī	(N) Chucrut con carne picada
27	湯	汤	tāng	(N) Sopa
28	糖醋雞片	糖醋鸡片	tángcùjīpiàn	(N) Pollo agridulce
29	糖醋魚	糖醋鱼	tángcùyú	(N) Pescado agridulce
30	題目	题目	tímù	(N) Tema, título

31	文章	文章	wénzhāng	(N) Artículo
32	香腸	香肠	xiāngcháng	(N) Salchicha
33	應該	应该	yīnggāi	(V.Aux.) Debería (deber moral)

 **Describe el sabor de las imágenes siguientes：
請說出以下圖片的口味。（请说出以下图片的口味。）**

辣椒　　　　　　　香腸和酸菜　　　　　巧克力　　　　　　苦瓜
（辣椒）　　　　　（香肠和酸菜）　　　（巧克力）　　　　（苦瓜）

 **Describe los sabores de tu platos favoritos y de otros que no te gusten
　請舉出一道你喜歡的菜和一道不喜歡的菜，並說明他們的口味。**

（请举出一道你喜欢的菜和一道不喜欢的菜，并说明他们的口味。）

例：我喜歡糖醋魚，因為酸酸甜甜的，很好吃。
　　我不喜歡麻婆豆腐，因為太辣了。

（例：我喜欢糖醋鱼，因为酸酸甜甜的，很好吃。
　　我不喜欢麻婆豆腐，因为太辣了。）

**RPG：Utiliza el siguiente menú y la frase para pedir la comida.
角色扮演：請使用下列菜單及句型點菜**

（角色扮演：请使用下列菜单及句型点菜）

　　Los alumnos A, B y C son familia. Hoy es el cumpleaños de A y todos ellos van al restaurante a pedir algunos platos. Seleccionad dos platos de ese menú. El alumno D es el camarero y explica los platos a la familia；luego les dice que pidan.

學生 A、B、C 為一家人，今天是 A 的生日，一家人到餐廳吃飯點菜，請從下列菜單中點兩道菜。 學生 D 為服務生，請為這一家人介紹一下菜單，並請為他們點菜。

（学生 A、B、C 为一家人，今天是 A 的生日，一家人到餐厅吃饭点菜，请从下列菜单中点两道菜。 学生 D 为服务生，请为这一家人介绍一下菜单，并请为他们点菜。）

1. 請問您想（要）～   （1. 请问您想（要）～

2. 我想～   2. 我想～

3. ～還是～？   3. ～还是～？

4. 我喜歡～   4. 我喜欢～

5. 我比較喜歡～   5. 我比较喜欢～

6. 我沒 V 過～   6. 我没 V 过～

7. ～酸酸的（甜甜的……）   7. ～酸酸的（甜甜的……））

Menú 菜單（菜单）

辣子雞丁 （辣子鸡丁）	糖醋魚 （糖醋鱼）	麻婆豆腐 （麻婆豆腐）	酸菜肉絲 （酸菜肉丝）	苦瓜牛肉 （苦瓜牛肉）
糖醋雞片 （糖醋鸡片）	紅燒魚 （红烧鱼）	紅燒豆腐 （红烧豆腐）	西班牙海鮮飯 （西班牙海鲜饭）	宮保牛肉 （宫保牛肉）
啤酒 （啤酒）	紅酒 （红酒）	紅茶 （红茶）	咖啡 （咖啡）	可樂 （可乐）

Frase 句型（句型）：

服務生：你好！這是我們的菜單，請問想點什麼？

學生 A：我想點 _____ 和 _____。

學生 B：我想點 _____ 和 _____。

學生 C：我想點 _____ 和 _____。

服務生：請問要喝什麼飲料？

學生 A：我要一杯 _____。

學生 B：我要一杯 _____。

學生 C：我要一杯 _____。

服務生：你們點的是 _____。

（服务生：你好！这是我们的菜单，请问想点什么？

学生 A：我想点 _____ 和 _____。

学生 B：我想点 _____ 和 _____。

学生 C：我想点 _____ 和 _____。

服务生：请问要喝什么饮料？

学生 A：我要一杯 _____。

学生 B：我要一杯 _____。

学生 C：我要一杯 _____。

服务生：你们点的是 _____。 ）

Lectura：Presentación del restaurante
短文閱讀：介紹餐廳（短文阅读：介绍餐厅）

　　我想介紹一下這家餐廳。這個餐廳叫「吃吃喝喝」，是一家西班牙餐廳。這個星期我和朋友去這家餐廳吃飯。他們菜單上的菜很多，有牛排、西班牙海鮮飯、黑森林蛋糕、蘋果派 ...，他們也有自助餐，你想吃什麼就吃什麼，想吃多少就吃多少。我喜歡這家餐廳的蘋果派，酸酸甜甜的，非常好吃。他們也有西班牙啤酒，一杯 1000 c.c. 只要 100 塊錢，我可以喝兩杯。如果你有空，也可以去這家餐廳吃吃他們的蛋糕，喝喝他們的酒。

 Responde a las preguntas a partir del texto anterior
請根據上面的文章回答下面的題目，並把答案寫下來。
（请根据上面的文章回答下面的题目，并把答案写下来。）

1. 請問這家餐廳叫什麼名字？（请问这家餐厅叫什么名字？）

_____

2. 這家餐廳是什麼餐廳？（这家餐厅是什么餐厅？）

_____

3. 他們有什麼菜？（他们有什么菜？）

_____

4. 他喜歡這家餐廳的什麼菜？為什麼？（他喜欢这家餐厅的什么菜？为什么？）

_____

5. 他們的酒多少錢一杯？（他们的酒多少钱一杯？）

_____

6. 你去這家餐廳，要點什麼菜？（你去这家餐厅，要点什么菜？）

_____

V Datos lingüísticos reales
真實語料（真实语料）

a. Platos chinos 菜色（菜色）

辣子雞丁

（辣子鸡丁）

糖醋魚

（糖醋鱼）

麻婆豆腐

（麻婆豆腐）

b. Menú del restaurante 餐廳菜單（餐厅菜单）

1. 你吃過中國菜嗎？你喜歡嗎？為什麼？（你吃过中国菜吗？你喜欢吗？为什么？）

....

....

2. 下面的菜單，你認識哪些菜？請寫下來。（下面的菜单，你认识哪些菜？请写下来。）

....

....

3. 這些菜，多少錢？請寫下來（这些菜，多少钱？请写下来）

....

....

Lección **7**

第七課 在餐廳吃飯？ En el restaurante

七、Comprendiendo la cultura 從文化出發（从文化出发）

GASTRONOMÍA CHINA 中國的美食（中国的美食）

La comida china siempre ha sido la parte más conocida de la cultura china en el extranjero por los numerosos restaurantes que hay repartidos por todo el mundo. Los platos más conocidos en España son, entre otros, el arroz frito tres delicias, la ternera con salsa de ostras, el pollo con almendras, los rollitos de primavera, los raviolis de carne picada y las berenjenas al estilo de Yuxiang. Sin embargo, la auténtica comida china es mucho más variada y cuenta con ocho diferentes tradiciones gastronómicas según las regiones, en las cuales varían las preferencias, tanto en los ingredientes como en los sabores. Por ejemplo, en la provincia de Sichuan, se cocina con mucho tipo de especias y comer picante es lo más habitual; pero en otras regiones, como Guangdong o Zhejiang, la cocina tradicional tiende a ser más ligera con un poco de dulce. El componente esencial tampoco tiene que ser siempre el arroz; lo suele ser en el sur de China, pero en el norte tradicionalmente la harina de trigo es el alimento básico, por lo que se come muchos tallarines y "mantou" (饅頭 , panecillos al vapor) en vez de arroz. Hoy en día, sin embargo, esas diferencias apenas se notan pues, al mejorar las comunicaciones, encontramos todo tipo de restaurantes.

En una comida tradicional, los comensales suelen sentarse alrededor de una mesa redonda (con una plataforma giratoria), símbolo de la unión familiar. Cada uno tiene su propio cuenco para el arroz y los platos se sirven al mismo tiempo en el centro para compartir (sin distinguir entre primer y segundo plato). En vez de cuchillo y tenedor, los chinos comen con palillos, lo que resulta muy práctico, pues la comida se presenta ya cortada en pedazos. El postre y las bebidas no existen en la comida tradicional.

En los banquetes el anfitrión, para mostrar su hospitalidad, no para de servir comida a los huéspedes y éstos, agradeciendo tal amabilidad, golpean levemente sobre la mesa con uno o dos dedos de la mano. Esto se puso de moda en Guangdong y otras zonas del sur de China, y ahora ya es muy popular en todo el país.

Actualmente en las grandes ciudades hay todo tipo de restaurantes de comida occidental, a donde van especialmente los más jóvenes. Suelen ser más caros, por su decoración y por ofrecer un ambiente más tranquilo y elegante, lo que explica que sean los preferidos para las cenas románticas de las parejas.

Dado el ajetreo de la sociedad moderna, en la que los trabajadores y estudiantes disponen de poco tiempo, la comida para llevar (外賣) y consumir fuera está cada vez más de moda. No solamente hay una gran variedad de restaurantes de este tipo, sino también páginas web, como "eleme" (餓了嗎), en donde la comida se encarga y se paga por internet (similar a "just-eat.es"), lo que se ha hecho muy popular entre los estudiantes universitarios.

En cuanto a las tendencias de la gastronomía china, en general a los del Sur les gustan las combinaciones dulces; a los del norte, las saladas; a los del oeste, las picantes; y a los del este, las agrias.

Existen 8 grandes escuelas gastronómicas. Sus características están íntimamente relacionadas con la historia, la geografía, el clima y los ingredientes disponibles en las distintas zonas. Hay, pues, cocina china para todos los gustos y cada una tiene un estilo especial de preparación y de presentación de sus platos.

1- La gastronomía de Shandong ("lûcài" 魯菜, que engloba a la de Jinan, Jiaodong y Kongfu) se centra en la sopa, en los panecillos con cacahuete, ginkgo, semillas de melón y rollos de primavera. También hay muchos platos con pescados, frituras y fideos.

2- La gastronomía de Sichuan ("chuancài"川菜), tiene platos coloridos y armoniosos, con muchas especias y aceite, y cierto toque dulce y amargo. Lleva chili, pimienta, pimienta china roja y jengibre fresco.

3- La gastronomía de Hunan ("xiangzài" 湘菜), se basa en el pescado y en el arroz, con platos abundantes y calóricos; incluye los fritos, el ahumado y la cocción al vapor; abundan los chilis picantes.

4- La gastronomía de Guangdong ("yuècài" 粤菜) es la más conocida fuera de China, por la mayor proporción de emigrantes de esta región. Se caracteriza por la gran variedad de alimentos. Los pequineses dicen que "los cantoneses comen todo lo que nada menos los barcos, todo lo vuela menos los aviones y todo lo que anda menos los tanques". Ciertos alimentos considerados como tabú son presentados con toda normalidad, lo que a veces provoca cierto reparo en los occidentales. Esta cocina rara vez emplea ingredientes picantes y se caracteriza por el uso de especias con aroma y sabor muy suave y simple en su combinación. El jengibre, cebolleta, azúcar, sal, salsa de soja, vino de arroz, almidón y aceite son ingredientes suficientes. El ajo se emplea intensamente, sobre todo cuando se cocinan alimentos con olores desagradables, como las tripas o entrañas. Como regla general, la cantidad de especias añadidas es inversamente proporcional a la frescura de los alimentos.

5- La cocina de Fújiàn ("mîncai" 閩菜) se caracteriza por los productos de mar (anguilas, caracoles, conchas, pepinos de mar...) y sabores ligeros, dulces y agrios. Se dice que tiene más de 170 clases de peces y 70 de tortugas y moluscos. Los cocineros de aquí tienen fama de ser los que mejor preparan el pescado. El "zao" (vinagre a base de alcohol fuerte) es un condimento típico y aporta un ligero toque agrio a los platos.

6- La cocina de Zhèjiang ("zhècài" 浙菜, sobre la base de las cocinas locales de Hangzhou, Ningbo y Shaoxing) se caracteriza por su preparación meticulosa y por platos de carne de aves de corral, así como diferentes pescados procedentes del río Changjiang y mariscos. Los platos más conocidos son el pollo asado al estilo de Hangzhou ("jiaohuaji" o pollo de mendigos) y la carne de Dongpo ("dongporòu").

7- La cocina de Jiangsu ("sucài" 蘇菜) se caracteriza por platos ligeros, deliciosos, perfumados y crujientes. Confiere gran importancia no sólo a los alimentos y condimentos, sino también a la presentación de los platos. El pato de Nanjing es muy popular. Los cocineros de Suzhou son excelentes en la preparación de vegetales y pescados.

8- La gastronomía de Anhuì ("wancài" 皖菜) agrupa las cocinas locales de las vecinas regiones de los ríos Changjiang, Huaihe y Huizhou. Su fuente de inspiración es "la medicina y la cocina tienen el mismo objetivo".

En cuanto a la gastronomía de Taiwán, no sólo se caracteriza por las típicas "tapas taiwanesas", sino por su concentración de la gastronomía general de toda China. En Taiwán los inmigrantes al principio provenían de la provincia de Fujian (cocina de "mîncai" 閩菜) pero, tras la guerra civil china, unos dos millones de personas de todas las provincias de china continental se trasladaron allí, llevando sus diferentes cocinas regionales y combinando lo tradicional con sabores y técnicas modernos más sofisticados. Esto explica que Taiwán se haya convertido en una de las zonas más representativas de la cultura gastronómica china por excelencia.

La importancia atribuida a la comida por los chinos se resume en una frase del filósofo Laozi: "gobernar una gran nación viene a ser como cocinar un pequeño pescado"

第八課 複習（第八课 复习）
Repaso

I. Lectura 閱讀（阅读）

Lee el siguiente texto y responde a las preguntas
請閱讀下列短文後回答問題（请阅读下列短文后回答问题）

A: Zhongping，Ana y Marco
中平，安娜和馬克（中平，安娜和马克）

　　星期一中平想買幾本書、幾枝筆和筆記本，可是他不知道哪裡有中文書店和文具店。安娜說，學校後面有一家書店，書店旁邊有一家文具店，他們星期二下午可以一起去。星期三，安娜想和中平一起去吃晚飯，可惜中平很忙，他四點下課，四點半要先去看書，然後再去打工，他九點半吃晚飯。星期五晚上中平和馬克去中國餐廳吃中國菜。馬克沒吃過中國菜，也看不懂菜單，他說，他喜歡吃雞肉，喜歡酸酸甜甜的味道；中平好久沒吃魚了，所以他們點了糖醋雞丁和紅燒魚。

　　星期一中平想买几本书、几枝笔和笔记本，可是他不知道哪里有中文书店和文具店。安娜说，学校后面有一家书店，书店旁边有一家文具店，他们星期二下午可以一起去。星期三，安娜想和中平一起去吃晚饭，可惜中平很忙，他四点下课，四点半要先去看书，然后再去打工，他九点半吃晚饭。星期五晚上中平和马克去中国餐厅吃中国菜。马克没吃过中国菜，也看不懂菜单，他说，他喜欢吃鸡肉，喜欢酸酸甜甜的味道；中平好久没吃鱼了，所以他们点了糖醋鸡丁和红烧鱼。

Preguntas 問題（问题）

1. 星期一中平想買什麼？（星期一中平想买什么？）

2. 哪裡有書店？（哪里有书店？）

3. 書店旁邊有什麼？（书店旁边有什么？）

4. 星期三安娜想和中平一起去吃晚飯嗎？（星期三安娜想和中平一起去吃晚饭吗？）

5. 中平星期三下午四點半要做什麼？（中平星期三下午四点半要做什么？）

6. 中平星期三幾點吃晚飯？（中平星期三几点吃晚饭？）

7. 星期五中平和馬克去哪裡？（星期五中平和马克去哪里？）

8. 馬克看得懂菜單嗎？（马克看得懂菜单吗？）

9. 馬克喜歡吃什麼？（马克喜欢吃什么？）

10. 馬克喜歡什麼味道？（马克喜欢什么味道？）

B: Lide y Xiaozhen 立德和小真 (立德和小真)

立德最近非常忙，他每天早上九點到十二點都有中文課，每天早餐都吃外帶的蛋餅、包子和豆漿。他星期一、三、五晚上要打工，每個星期四下午要去打球。下個星期小文生日，所以他得先去買東西，然後再去他的生日派對。他星期日五點半起床和西班牙朋友去爬山，然後中午和小真去吃飯。聽說學校附近有一家餐廳的菜不錯，他們想去試試。立德想要各付各的，可是小真要請他吃飯，因為上個星期他請小真看電影。

立德最近非常忙，他每天早上九点到十二点都有中文课，每天早餐都吃外带的蛋饼、包子和豆浆。他星期一、三、五晚上要打工，每个星期四下午要去打球。下个星期小文生日，所以他得先去买东西，然后再去他的生日派对。他星期日五点半起床和西班牙朋友去爬山，然后中午和小真去吃饭。听说学校附近有一家餐厅的菜不错，他们想去试试。立德想要各付各的，可是小真要请他吃饭，因为上个星期他请小真看电影。

Preguntas 問題（问题）

1. 立德從幾點到幾點有中文課？（立德从几点到几点有中文课？）

....

2. 他每天早餐都吃什麼？（他每天早餐都吃什么？）

....

3. 他星期一晚上要做什麼？（他星期一晚上要做什么？）

....

4. 他星期幾去打球？（他星期几去打球？）

....

5. 小文什麼時候生日？（小文什么时候生日？）

....

6. 他星期日幾點起床？（他星期日几点起床？）

....

7. 他星期日做什麼？（他星期日做什么？）

....

8. 小真為什麼請他吃飯？（小真为什么请他吃饭？）

....

9. 這家餐廳的菜好吃嗎？（这家餐厅的菜好吃吗？）

....

C: Zhang Ling, Xiaohong y Li Ming
張玲、小紅和李明（张玲、小红和李明）

　　星期天中午 12 點張玲和李明在公司門口見面，他們一起去一家好吃的飯館吃北京烤鴨。星期一張玲和小紅去買衣服。小紅想買一件黑色的大衣，可是這件大衣有點小，小姐給他一件大一點的。大衣一件兩千八百塊，打八折，只賣兩千兩百四十塊。可是小紅還想講價，小姐說不可以，所以他們不買了。星期二晚上張玲、李明和小紅要一起吃晚飯，張玲喜歡又辣又鹹的四川菜，李明喜歡口味淡一點的菜，太辣的菜他不喜歡吃，他們的口味很不一樣，所以他們去吃自助餐，想吃什麼就吃什麼。

　　星期天中午 12 点张玲和李明在公司门口见面，他们一起去一家好吃的饭馆吃北京烤鸭。星期一张玲和小红去买衣服。小红想买一件黑色的大衣，可是这件大衣有点小，小姐给他一件大一点的。大衣一件两千八百块，打八折，只卖两千两百四十块。可是小红还想讲价，小姐说不可以，所以他们不买了。星期二晚上张玲、李明和小红要一起吃晚饭，张玲喜欢又辣又咸的四川菜，李明喜欢口味淡一点的菜，太辣的菜他不喜欢吃，他们的口味很不一样，所以他们去吃自助餐，想吃什么就吃什么。

Preguntas 問題（问题）

1. 星期天中午張玲和李明去哪裡？（星期天中午张玲和李明去哪里？）

....

2. 他們在哪裡見面？（他们在哪里见面？）

....

3. 星期一小紅和誰去買衣服？（星期一小红和谁去买衣服？）

....

4. 小紅想買什麼衣服？（小红想买什么衣服？）

....

5. 這件衣服多少錢？（这件衣服多少钱？）

....

6. 張玲喜歡什麼口味的菜？（张玲喜欢什么口味的菜？）

....

7. 李明喜歡什麼口味的菜？（李明喜欢什么口味的菜？）

....

8. 他們去哪裡吃飯？（他们去哪里吃饭？）

....

II. Ejercicios de audición 聽力練習（听力练习）🔊

I. Escucha el diálogo. ¿Qué has entendido?

II. Escucha el diálogo otra vez. Esta vez el diálogo se divide en tres partes.
Selecciona la respuesta correcta.

試試看：

I. 請聽一段對話，試試看，你聽到什麼。

II. 請再聽一次對話。這次對話將分成三段播放，請根據每段話內容，選出正確
的答案

（試試看：

I. 请听一段对话，试试看，你听到什么。

II. 请再听一次对话。这次对话将分成三段播放，请根据每段话内容，选出正确
的答案）

A: Zhang Ling y Li Ming 張玲和李明（张玲和李明）

Parte 1 第一段（第一段）

_____1. 請問現在幾點？（请问现在几点？）

　　　　a. 一點半。（一点半。）

　　　　b. 三點半。（三点半。）

　　　　c. 五點半。（五点半。）

_____2. 李明今天忙不忙？（李明今天忙不忙？）

　　　　a. 他今天很忙。（他今天很忙。）

　　　　b. 他今天不太忙。（他今天不太忙。）

　　　　c. 我們不知道。（我们不知道。）

_____3. 李明下班以後要（李明下班以后要）

　　　　a. 他要先去買東西，再去看電影。（他要先去买东西，再去看电影。）

　　　　b. 他要先去買菜，再去買書。（他要先去买菜，再去买书。）

　　　　c. 他要先去看足球比賽，再去喝啤酒。（他要先去看足球比赛，再去喝啤酒。）

Parte 2 第二段（第二段）

_____4. 張玲星期三晚上要做什麼？（张玲星期三晚上要做什么？）

　　　　a. 他要跟李明去看電影。（他要跟李明去看电影。）

　　　　b. 他要跟他爸爸媽媽去日本餐廳吃飯。（他要跟他爸爸妈妈去日本餐厅吃饭。）

　　　　c. 他要回家。（他要回家。）

_____5. 張玲星期幾有空？（张玲星期几有空？）

        a. 星期四。（星期四。）

        b. 星期五。（星期五。）

        c. 星期六。（星期六。）

Parte 3 第三段（第三段）

_____6. 張玲和李明要去哪裡吃飯？（张玲和李明要去哪里吃饭？）

        a. 日本餐廳。（日本餐厅。）

        b. 西班牙餐廳。（西班牙餐厅。）

        c. 德國餐廳。（德国餐厅。）

_____7. 這家餐廳的菜怎麼樣？（这家餐厅的菜怎么样？）

        a. 又貴又難吃。（又贵又难吃。）

        b. 又鹹又辣。（又咸又辣。）

        c. 又便宜又好吃（又便宜又好吃）

_____8. 他們在哪裡見面？（他们在哪里见面？）

        a. 餐廳門口。（餐厅门口。）

        b. 公司門口。（公司门口。）

        c. 家門口。（家门口。）

B: Zhongping y Anna 中平和安娜（中平和安娜）

Parte 1 第一段（第一段）

_____1. 中平和安娜去買什麼？（中平和安娜去买什么？）

        a. 早餐。（早餐。）

        b. 午餐。（午餐。）

        c. 晚餐。（晚餐。）

_____2. 安娜想吃什麼？（安娜想吃什么？）

        a. 蛋餅。（蛋饼。）

        b. 包子。（包子。）

        c. 熱豆漿。（热豆浆。）

_____3. 他們要外帶，還是內用？（他们要外带，还是内用？）
    a. 外帶。（外带。）
    b. 內用。（内用。）
    c. 我們不知道。（我们不知道。）

Parte 2 第二段（第二段）

_____4. 他們為什麼要一起付？（他们为什么要一起付？）
    a. 中平想請安娜。（中平想请安娜。）
    b. 他們沒有零錢。（他们没有零钱。）
    c. 安娜想請中平。（安娜想请中平。）

_____5. 一共多少錢？（一共多少钱？）
    a.80 塊錢。(80 块钱。)
    b.88 塊錢。(88 块钱。)
    c.102 塊錢。(102 块钱。)

Parte 3 第三段（第三段）

_____6. 中平還想去哪裡？（中平还想去哪里？）
    a. 文具店。（文具店。）
    b. 書店。（书店。）
    c. 買衣服。（买衣服。）

_____7. 安娜今天早上還要做什麼？ （安娜今天早上还要做什么？ ）
    a. 他要去上課。（他要去上课。）
    b. 他要去看看有什麼新書。（他要去看看有什么新书。）
    c. 他要去買衣服。（他要去买衣服。）

C: Lide y Xiaozhen 立德和小真（立德和小真）

Parte 1 第一段（第一段）

_____1. 幾個人去吃飯？（几个人去吃饭？）
    a. 一個人。（一个人。）
    b. 兩個人。（两个人。）
    c. 三個人。（三个人。）

_____2. 這家餐廳有什麼好吃的菜？（这家餐厅有什么好吃的菜？）

    a. 四川菜。（四川菜。）

    b. 北方菜。（北方菜。）

    c. 西班牙菜。（西班牙菜。）

_____3. 小真來過這家餐廳嗎？（小真来过这家餐厅吗？）

    a. 小真常來這家餐廳。（小真常来这家餐厅。）

    b. 小真沒來過這家餐廳。（小真没来过这家餐厅。）

    c. 我們不知道。（我们不知道。）

Parte 2 第二段（第二段）

_____4. 小真喜歡什麼菜？（小真喜欢什么菜？）

    a. 小真喜歡四川菜。（小真喜欢四川菜。）

    b. 小真喜歡酸酸甜甜的菜。（小真喜欢酸酸甜甜的菜。）

    c. 小真喜歡又鹹又辣的菜。（小真喜欢又咸又辣的菜。）

_____5. 他們點什麼飲料？（他们点什么饮料？）

    a. 他們點一杯啤酒和一杯綠茶。（他们点一杯啤酒和一杯绿茶。）

    b. 他們點一杯紅茶和一杯香片。（他们点一杯红茶和一杯香片。）

    c. 他們點兩杯啤酒。（他们点两杯啤酒。）

Parte 3　第三段（第三段）

_____6. 他們刷卡，還是付現金？（他们刷卡，还是付现金？）

    a. 他們刷卡。（他们刷卡。）

    b. 他們付現金。（他们付现金。）

    c. 我們不知道。（我们不知道。）

_____7. 這家餐廳怎麼樣？（这家餐厅怎么样？）

    a. 不便宜又難吃。（不便宜又难吃。）

    b. 服務生不太好。（服务生不太好。）

    c. 又便宜又好吃。（又便宜又好吃。）

Vocabulario 生詞（生词）🔊

	漢字 Caracteres tradicionales	简体字 Caracteres simplificados	拼音（拼音） Pinyin	解釋（解释） Significado
1	地點	地点	dìdiǎn	(N) Lugar
2	綠	绿	lǜ	(VE) Ser verde
3	綠茶	绿茶	lǜchá	(N) Té verde
4	每個	每个	měige	(Pron., det.) Cada
5	晚餐	晚餐	wǎncān	(N) Cena
6	王立	王立	Wáng Lì	(N) Wang Li (m.)
7	午餐	午餐	wǔcān	(N) Almuerzo
8	主語	主语	zhǔyǔ	(N) Sujeto

Ⅲ. Ejercicios 綜合練習（综合练习）

A: El amigo de Zhang Ling 張玲的朋友（张玲的朋友）

1.Añade el Pinyin en el siguiente texto

為下面的短文寫上拼音。（为下面的短文写上拼音。）

你們好，我叫王立，是張玲的朋友，我家在北京，平常我喜歡看看電影、聽聽音樂，也常常去運動。今天我和張玲都很累，因為昨天晚上我們去李明的生日派對。他的派對很好玩，人很多，自助餐的菜也都很好吃。

（你们好，我叫王立，是张玲的朋友，我家在北京，平常我喜欢看看电影、听听音乐，也常常去运动。今天我和张玲都很累，因为昨天晚上我们去李明的生日派对。他的派对很好玩，人很多，自助餐的菜也都很好吃。）

2. Pide a tu profesor que te enseñe a cantar la canción de cumpleaños:
請你的老師教你唱生日快樂歌。（请你的老师教你唱生日快乐歌。）

B: Comprar un móvil 買手機（买手机）

1.Ordena el diálogo
請試著把對話順序找出來。（请试著把对话顺序找出来。）

Zhāng Líng: Wǒmen xiān kànkan.

Nánpéngyǒu: Tài guì le! Piányí yìdiǎn, xíng ma?

Diànyuán: Huānyíng guānglín, qǐngwèn xiǎng zhǎo shénme shǒujī? Nánpéngyǒu: Duì, yǒudiǎn dà.

Zhāng Líng: Wǒ bù xǐhuān hēisè de.

Zhāng Líng: Zhège tài dà le, wǒ yě bù xǐhuān. Nánpéngyǒu: Zhège búcuò.

Diànyuán: Nín yào bú yào kàn yíxià zhège shǒujī? Zhāng Líng: Zhège shǒujī wǒ méi kànguò, hěn hǎokàn. Nánpéngyǒu: Yíge duōshǎo qián?

Nánpéngyǒu: Zhège zěnmeyàng?

Diànyuán: Duìbùqǐ, yīnwèi shì xīn shǒujī, bù néng jiǎngjià. Diànyuán: Zhège shǒujī hěn xīn, liǎngwàn sānqiān liùbǎi yuán. Diànyuán: Dāngrán kěyǐ.

Nánpéngyǒu: Qǐngwèn, nǐmen zhèlǐ kěyǐ shuākǎ ma? Zhāng Líng: Bù hǎo, wǒ jiù xǐhuān zhège.

Nánpéngyǒu: Xiǎolíng, wǒmen kànkan biéde, hǎo bù hǎo?

....
2. Transforma este diálogo en caracteres chinos:
請用漢字把這個對話寫出來。（请用汉字把这个对话写出来。）

C: ¿Dónde está…? (SN+ 在哪裡?) y ¿dónde hay +SN?
什麼在哪裡和哪裡有什麼？(什么在哪里和哪里有什么？)

1. Describe tu ubicación con 有 y 在 según el dibujo

請按照下面的圖，告訴我們位置用「有」和「在」。

(请按照下面的图，告诉我们位置用「有」和「在」。)

1. 立德學校旁邊有 _____。

2. 張玲的公司在 _____。

3. _____。

4. _____。

5. _____。

6. _____。

7. _____。

2. Dibujad vuestra casa o vuestro colegio con las infraestructuras y/o establecimientos cercanos. Preguntáos unos a otros dónde están o qué hay en ellos (con 有 y 在)

請畫出你學校或你家附近的設施，也問問你同學他家或學校附近有什麼。

(请画出你学校或你家附近的设施，也问问你同学他家或学校附近有什么。)

1. 你家在哪裡？

2. 你家附近有餐廳嗎？

3. 你學校附近有…？

4. _____。

5. _____。

6. _____。

IV. Diálogo Intercultural
文化及問題討論（文化及问题讨论）

A: Diferencias Interculturales 文化討論（文化讨论）

1.Cita 約會（约会）

¿Sales con frecuencia a divertirte con tus amigos? ¿Cuánto tiempo necesitas para quedar con tus amigos en España? Pregunta a tus amigos chinos también.

你經常和朋友相約出去玩或吃飯嗎？在西班牙和朋友吃飯需要多久前預約？ 也請問問你的中國朋友。

（你经常和朋友相约出去玩或吃饭吗？在西班牙和朋友吃饭需要多久前预约？ 也请问问你的中国朋友。）

2. ¿Quién paga? 誰付錢？（谁付钱？）

En España, cuando comes en un restaurante con tus amigos, ¿paga cada uno lo suyo?

En China, cuando sales a comer con tus amigos, ¿lo paga uno todo?

在西班牙和朋友出去吃飯，都是各付各的嗎？ 和中國朋友出去吃飯，都是他買單嗎？

（在西班牙和朋友出去吃饭，都是各付各的吗？ 和中国朋友出去吃饭，都是他买单吗？）

3. ¿Se puede regatear? 殺價、砍價，可以嗎？（杀价、砍价，可以吗？）

En China es muy normal regatear en las compras. ¿Sabes dónde se puede hacer y cómo?

¿Existe la misma costumbre en España?

在中國買東西，經常得砍價，你知道在哪裡買東西可以砍價？應該如何砍價？在西班牙也可以砍價嗎？

（在中国买东西，经常得砍价，你知道在哪里买东西可以砍价？应该如何砍价？在西班牙也可以砍价吗？）

B: Estimaciones propias 自我檢視（自我检视）

1.Habilidades comunicativas
溝通能力（沟通能力）

a. Programación o planificación de un día

一天的計畫（一天的计画）

> Escribe la planificación de un día. ¿Qué haces y a qué hora?
>
> 你能寫出你一天的計畫嗎？幾點幾分做什麼事情？
>
> （你能写出你一天的计画吗？几点几分做什么事情？）
>
> 我早上 7 點 20 分（我早上 7 点 20 分）..
>
> ....
>
> ....

b. Elige los platos y luego paga la cuenta

點菜、買單（点菜、买单）

¿Puedes pedir y pagar en un restaurante chino? ¿Qué podría decir el camarero?

你去中國餐館能點菜、買單嗎？需要哪些句子？服務員會說哪些句子？

（你去中国餐馆能点菜、买单吗？需要哪些句子？服务员会说哪些句子？）

Pedir la comida 點菜（点菜）：

服務員（服务员）：　　　　　　　　　　我（我）：

你要點菜了嗎？（你要点菜了吗？）　　_____。

您要點什麼飲料？（您要点什么饮料？）　_____。

_____？　　　　　　　_____。

¡La cuenta, por favor! 買單（买单）：

服務員（服务员）：　　　　　　　　　　我（我）：

　　　　　　　　　　　　　　　　　　　小姐，我想買單。（小姐，我想买单。）

_____。　　　　　　　_____？

_____。　　　　　　　_____。

_____。

c. ¿Puedes pedir al vendedor que te muestre el producto y luego regatear? Escribe unas frases al respecto

你買東西的時候，能請店員拿東西給你嗎？你能講價、評論嗎？請想幾個句子（你买东西的时候，能请店员拿东西给你吗？你能讲价、评论吗？请想几个句子）：

這個太貴了（这个太贵了）！

你們有沒有（你们有没有） .... ？

我覺得（我觉得） ....

....。

2 Gramática 語法（语法）

a.Orden de palabras

漢語語序（汉语语序）

¿Cómo es el orden de palabras o sintagmas en chino? Ordena las siguientes frases

漢語的語序如何？請排排下面這個句子。

（汉语的语序如何？请排排下面这个句子。）

時間　　地點　　主語　　動詞

（时间）（地点）（主语）（动词）

今天　　在學校　　我　　看書

（今天）（在学校）（我）　（看书）

b.Partícula 了 /le/

¿Qué indica y cómo se utiliza la partícula 了？ ¿Qué características tiene 了 en el texto? Fíjate en la partícula 了 que aparece en todas las lecciones y sistematiza su uso.

漢語中的「了」怎麼使用？請收集課文中出現的了，歸納一下「了」怎麼使用。

（汉语中的「了」怎么使用？请收集课文中出现的了，归纳一下「了」怎么使用。）

第三課：太可惜了。（第三课：太可惜了。）

第三課：慢跑太累了。（第三课：慢跑太累了。）

....

....

....

編號	漢字 Caracteres tradicionales	簡體字 Caracteres simplificados	拼音 Pinyin	課文 Lección
A				
1	啊	啊	a	1
2	愛	爱	ài	7
3	安娜	安娜	Ānnà	5
B				
4	吧	吧	ba	6
5	八	八	bā	2
6	爸爸	爸爸	bàba	2
7	百	百	bǎi	6
8	巴黎	巴黎	Bālí	2
9	半	半	bàn	5
10	棒球	棒球	bàngqiú	3
11	報	报	bào	3
12	報紙	报纸	bàozhǐ	5
13	包子	包子	bāozi	6
14	杯	杯	bēi	6
15	北方	北方	běifāng	7
16	北京	北京	Běijīng	1
17	杯子	杯子	bēizi	6
18	本	本	běn	6
19	筆	笔	bǐ	6
20	比	比	bǐ	7
21	表	表	biǎo	5
22	別的	别的	biéde	6
23	筆記	笔记	bǐjì	6
24	比較	比较	bǐjiào	7
25	筆記本	笔记本	bǐjìběn	6
26	並	并	bìng	7
27	餅	饼	bǐng	6
28	比賽	比赛	bǐsài	5
29	不	不	bù	1

編號	漢字 Caracteres tradicionales	簡體字 Caracteres simplificados	拼音 Pinyin	課文 Lección
30	不錯	不错	búcuò	6
31	不好意思	不好意思	bùhǎoyìsi	6
32	不客氣	不客气	búkèqì	2
C				
33	菜	菜	cài	5
34	菜單	菜单	càidān	7
35	餐廳	餐厅	cāntīng	5
36	茶	茶	chá	7
37	差	差	chà	5
38	常	常	cháng	3
39	唱歌	唱歌	chàng gē	3
40	車	车	chē	3
41	陳漢	陈汉	Chén Hàn	2
42	成都	成都	Chéngdū	2
43	吃	吃	chī	5
44	吃肉	吃肉	chī ròu	7
45	尺寸	尺寸	chǐcùn	6
46	衝浪	冲浪	chōng làng	3
47	穿	穿	chuān	6
48	床	床	chuáng	5
49	詞	词	cí	1
50	次	次	cì	7
51	從	从	cóng	5
52	醋	醋	cù	7
D				
53	大	大	dà	4
54	打	打	dǎ	3
55	答案	答案	dáàn	7
56	打工	打工	dǎ gōng	5

編號	漢字 Caracteres tradicionales	簡體字 Caracteres simplificados	拼音 Pinyin	課文 Lección
57	打球	打球	dǎ qiú	3
58	打折	打折	dǎ zhé	6
59	打嘴巴	打嘴巴	dǎ zuǐba	6
60	大吃一頓	大吃一顿	dàchī yídùn	7
61	帶	带	dài	6
62	大家	大家	dàjiā	4
63	蛋	蛋	dàn	6
64	淡	淡	dàn	7
65	蛋餅	蛋饼	dànbǐng	6
66	蛋糕	蛋糕	dàngāo	7
67	當然	当然	dāngrán	6
68	但是	但是	dànshi	4
69	到	到	dào	5
70	大學	大学	dàxué	4
71	大衣	大衣	dàyī	6
72	的	的	de	2
73	得到	得到	dédào	7
74	等	等	děng	6
75	等一下	等一下	děngyíxià	6
76	第一課	第一课	dì yīkè	1
77	店	店	diàn	6
78	點	点	diǎn	5
79	點菜	点菜	diǎn cài	7
80	電影	电影	diànyǐng	3
81	店員	店员	diànyuán	6
82	點鐘	点钟	diǎnzhōng	5
83	釣魚	钓鱼	diào yú	3
84	弟弟	弟弟	dìdi	3
85	地點	地点	dìdiǎn	8
86	地方	地方	dìfāng	6
87	頂呱呱	顶呱呱	dǐngguā guā	6
88	懂	懂	dǒng	7
89	東京	东京	Dōngjīng	2
90	東西	东西	dōngxi	5
91	豆	豆	dòu	6
92	都	都	dōu	3
93	豆腐	豆腐	dòufǔ	7
94	豆漿	豆浆	dòujiāng	6
95	段	段	duàn	1
96	對不起	对不起	duìbùqǐ	5
97	對了	对了	duìle	7
98	多	多	duō	3
99	多少	多少	duōshǎo	6
100	多少錢	多少钱	duōshǎo qián	6
101	肚子	肚子	dùzi	7
E				
102	餓	饿	è	7
103	二	二	èr	2
F				
104	法國	法国	Fǎguó, Fàguó	1
105	法蘭克福	法蓝克福	Fǎlánkèfú	2
106	飯	饭	fàn	5
107	方	方	fāng	1
108	飯館	饭馆	fànguǎn	5
109	非常	非常	fēicháng	4
110	分(鐘)	分(钟)	fēn (zhōng)	5

編號	漢字 Caracteres tradicionales	簡體字 Caracteres simplificados	拼音 Pinyin	課文 Lección
111	分開	分开	fēnkāi	7
112	付	付	fù	7
113	付錢	付钱	fù qián	7
114	附近	附近	fùjìn	6
115	服務	服务	fúwù	7
116	服務生（服務員）	服务生（服务员）	fúwù shēng (fúwù yuán)	4
117	復習	复习	fùxí	4
G				
118	高爾夫	高尔夫	gāoěrfū	3
119	高雄	高雄	Gāoxióng	2
120	各	各	gè	7
121	歌	歌	gē	3
122	個	个	gè, ge	2
123	各付各的	各付各的	gèfù gède	7
124	哥哥	哥哥	gēge	2
125	給	给	gěi	6
126	跟	跟	gēn	3
127	根據	根据	gēnjù	7
128	宮保	宫保	gōngbǎo	7
129	宮保雞丁	宫保鸡丁	gōngbǎo jīdīng	7
130	宮保牛肉	宫保牛肉	gōngbǎo niúròu	7
131	公司	公司	gōngsī	5
132	公園	公园	gōngyuán	5
133	狗	狗	gǒu	6
134	瓜	瓜	guā	7
135	逛街	逛街	guàng jiē	3

編號	漢字 Caracteres tradicionales	簡體字 Caracteres simplificados	拼音 Pinyin	課文 Lección
136	廣州	广州	Guǎngzhōu	2
137	關係	关系	guānxì	5
138	貴	贵	guì	6
139	貴姓	贵姓	guìxìng	1
140	過	过	guò	5
141	過	过	guò	7
142	國籍	国籍	guójí	1
H				
143	還	还	hái	3
144	海德堡	海德堡	Hǎidébǎo	2
145	還好	还好	háihǎo	2
146	還是	还是	háishì	7
147	孩子	孩子	háizi	6
148	漢學	汉学	Hànxué	4
149	漢學系	汉学系	Hànxuéxì	4
150	漢字	汉字	Hànzì	1
151	號	号	hào	5
152	好	好	hǎo	1
153	好	好	hǎo	7
154	好吃	好吃	hǎochī	5
155	好久不見	好久不见	hǎojiǔ bújiàn	2
156	好看	好看	hǎokàn	6
157	好玩	好玩	hǎowàn	5
158	喝	喝	hē	3
159	和	和	hé; hàn	2
160	黑	黑	hēi	6
161	黑色	黑色	hēisè	6
162	黑森林蛋糕	黑森林蛋糕	Hēisēnlín dàngāo	7
163	很	很	hěn	2
164	紅茶	红茶	hóngchá	7

編號	漢字 Caracteres tradicionales	簡體字 Caracteres simplificados	拼音 Pinyin	課文 Lección
165	紅酒	红酒	hóngjiǔ	7
166	紅燒豆腐	红烧豆腐	hóngshāo dòufǔ	6
167	紅燒魚	红烧鱼	hóngshāo yú	7
168	後	后	hòu	3
169	後面	后面	hòumiàn	6
170	胡安	胡安	Hú Ān	1
171	畫報	画报	huàbào	3
172	壞	坏	huài	6
173	歡迎光臨	欢迎光临	huānyíng guānglín	6
174	會	会	huì	3
175	回家	回家	huí jiā	5
176	回答	回答	huídá	7
177	或	或	huò	2
178	火車	火车	huǒchē	5
179	活動	活动	huódòng	5

J				
180	及	及	jí	4
181	幾	几	jǐ	2
182	雞	鸡	jī	7
183	家	家	jiā	2
184	見	见	jiàn	3
185	件	件	jiàn	6
186	見面	见面	jiàn miàn	5
187	講價	讲价	jiǎng jià	6
188	叫	叫	jiào	1
189	腳	脚	jiǎo	7
190	教室	教室	jiàoshì	5
191	家人	家人	jiārén	3

編號	漢字 Caracteres tradicionales	簡體字 Caracteres simplificados	拼音 Pinyin	課文 Lección
192	幾點	几点	jǐdiǎn	5
193	雞丁	鸡丁	jīdīng	7
194	姊姊 / 姐姐	姊姊 / 姐姐	jiějie	2
195	介紹	介绍	jièshào	4
196	解釋	解释	jiěshì	1
197	今年	今年	jīnnián	5
198	今天	今天	jīntiān	3
199	雞肉	鸡肉	jīròu	7
200	就	就	jiù	6
201	九	九	jiǔ	2
202	就是	就是	jiùshì	4
203	覺得	觉得	juéde	6
204	君悅大飯店	君悦大饭店	Jūnyuè dàfàndiàn	7
205	句型	句型	jùxíng	3

K				
206	卡	卡	kǎ	7
207	咖啡	咖啡	kāfēi	7
208	開車	开车	kāi chē	5
209	看	看	kàn	3
210	烤鴨	烤鸭	kǎoyā	5
211	卡片	卡片	kǎpiàn	7
212	課	课	kè	1
213	刻	刻	kè	5
214	可樂	可乐	kělè	7
215	科隆	科隆	Kēlóng	2
216	客氣	客气	kèqi	2
217	客人	客人	kèrén	6
218	可是	可是	kěshì	2
219	課文	课文	kèwén	1

編號	漢字 Caracteres tradicionales	簡體字 Caracteres simplificados	拼音 Pinyin	課文 Lección
220	可惜	可惜	kěxí	3
221	可以	可以	kěyǐ	5
222	口味	口味	kǒuwèi	7
223	苦	苦	kǔ	7
224	塊	块	kuài	6
225	筷子	筷子	kuàizi	6
226	苦瓜	苦瓜	kǔguā	7
227	苦瓜牛肉	苦瓜牛肉	kǔguā niúròu	7
L				
228	辣	辣	là	7
229	來	来	lái	3
230	萊比錫	莱比锡	Láibǐxí	2
231	辣椒	辣椒	làjiāo	7
232	籃球	篮球	lánqiú	3
233	老闆	老板	lǎobǎn	6
234	老師	老师	lǎoshī	1
235	辣子	辣子	làzi	7
236	辣子雞丁	辣子鸡丁	làzijīdīng	7
237	了	了	le	3
238	累	累	lèi	2
239	輛	辆	liàng	6
240	兩	两	liǎng	2
241	練習	练习	liànxí	1
242	聊天	聊天	liáo tiān	3
243	禮拜	礼拜	lǐbài	7
244	裡面	里面	lǐmiàn	6
245	李明	李明	Lǐ Míng	1
246	林立德	林立德	Lín Lìdé	1
247	林天和	林天和	Lín Tiānhé	4
248	零	零	líng	5

編號	漢字 Caracteres tradicionales	簡體字 Caracteres simplificados	拼音 Pinyin	課文 Lección
249	零錢	零钱	língqián	6
250	例如	例如	lìrú	6
251	六	六	liù	2
252	例子	例子	lìzi	1
253	綠	绿	lù	8
254	綠茶	绿茶	lùchá	8
255	倫敦	伦敦	Lúndūn	2
M				
256	嗎	吗	ma	1
257	馬德里	马德里	Mǎdélǐ	2
258	賣	卖	mài	6
259	買	买	mǎi	5
260	買單	买单	mǎidān	7
261	媽媽	妈妈	māma	2
262	慢	慢	màn	3
263	忙	忙	máng	2
264	慢跑	慢跑	mànpǎo	3
265	麻婆豆腐	麻婆豆腐	mápó dòufǔ	7
266	馬上	马上	mǎshàng	7
267	沒關係	没关系	méi guānxi	5
268	沒問題	没问题	méi wèntí	6
269	每個	每个	měige	8
270	美國	美国	Měiguó	1
271	妹妹	妹妹	mèimei	2
272	每天	每天	měitiān	4
273	沒有	没有	méiyǒu	2
274	門口	门口	ménkǒu	5
275	面	面	miàn	5
276	明年	明年	míngnián	5

編號	漢字 Caracteres tradicionales	簡體字 Caracteres simplificados	拼音 Pinyin	課文 Lección
277	明天	明天	míngtiān	3
278	名字	名字	míngzi	1
279	茉莉花茶	茉莉花茶	mòlìhuā chá	7
N				
280	那	那	nà	3
281	哪國	哪国	nǎguó	1
282	那裡 (那兒)	那里 (那儿)	nàlǐ (nàr)	5
283	那麼	那么	nàme	7
284	難	难	nán	3
285	南方	南方	nánfāng	7
286	南京	南京	Nánjīng	2
287	難聽	难听	nántīng	3
288	哪些	哪些	nǎxiē	7
289	呢	呢	ne	1
290	呢	呢	ne	7
291	能	能	néng	7
292	你	你	nǐ	1
293	年	年	nián	5
294	你們	你们	nǐmen	1
295	您	您	nín	1
296	牛	牛	niú	7
297	牛排	牛排	niúpái	7
298	牛肉	牛肉	niúròu	7
O				
299	喔	喔	ō	7
P				
300	爬山	爬山	pá shān	5
301	排球	排球	páiqiú	3
302	旁邊	旁边	pángbiān	6
303	跑	跑	pǎo	3

編號	漢字 Caracteres tradicionales	簡體字 Caracteres simplificados	拼音 Pinyin	課文 Lección
304	朋友	朋友	péngyǒu	3
305	便宜	便宜	piányí	6
306	啤酒	啤酒	píjiǔ	3
307	瓶	瓶	píng	7
308	平常	平常	píngcháng	3
309	蘋果	苹果	píngguǒ	6
310	蘋果派	苹果派	píngguǒ pài	7
311	拼音	拼音	pīnyīn	1
Q				
312	騎	骑	qí	3
313	七	七	qī	2
314	起床	起床	qǐ chuáng	5
315	錢	钱	qián	6
316	千	千	qiān	6
317	鉛	铅	qiān	6
318	鉛筆	铅笔	qiānbǐ	6
319	前面	前面	qiánmiàn	6
320	巧克力	巧克力	qiǎokèlì	7
321	請	请	qǐng	6
322	青	青	qīng	6
323	請問	请问	qǐngwèn	1
324	球	球	qiú	3
325	去	去	qù	3
326	去年	去年	qùnián	5
R				
327	然後	然后	ránhòu	5
328	熱	热	rè	6
329	熱狗	热狗	règǒu	6
330	人	人	rén	1
331	認識	认识	rènshi	7

編號	漢字 Caracteres tradicionales	簡體字 Caracteres simplificados	拼音 Pinyin	課文 Lección	編號	漢字 Caracteres tradicionales	簡體字 Caracteres simplificados	拼音 Pinyin	課文 Lección
388	台南	台南	Táinán	2	415	碗	碗	wǎn	6
389	臺灣 台灣	台湾	Táiwān	1	416	晚餐	晚餐	wǎncān	8
390	台中	台中	Táizhōng	2	417	晚飯	晚饭	wǎnfàn	5
391	他們	他们	tāmen	5	418	網	网	wǎng	3
392	糖	糖	táng	7	419	王立	王立	Wáng Lì	8
393	湯	汤	tāng	7	420	王強	王强	Wáng Qiáng	1
394	糖醋	糖醋	tángcù	7	421	王中平	王中平	Wáng Zhōngpíng	1
395	糖醋雞丁	糖醋鸡丁	tángcù jīdīng	7	422	晚上	晚上	wǎnshang	1
396	糖醋雞片	糖醋鸡片	tángcù jīpiàn	7	423	位	位	wèi	7
397	糖醋魚	糖醋鱼	tángcùyú	7	424	味道	味道	wèidào	7
398	同學	同学	tóngxué	1	425	為什麼	为什么	wèishénme	3
399	踢	踢	tī	3	426	問	问	wèn	1
400	甜	甜	tián	7	427	文具	文具	wénjù	6
401	天	天	tiān	3	428	文具店	文具店	wénjùdiàn	6
402	條	条	tiáo	6	429	我	我	wǒ	1
403	聽	听	tīng	3	430	我們	我们	wǒmen	3
404	聽力	听力	tīnglì	1	431	五	五	wǔ	2
405	同	同	tóng	3	432	午餐	午餐	wǔcān	8
406	同事	同事	tóngshì	3	433	午飯	午饭	wǔfàn	5
407	圖書館	图书馆	túshūguǎn	5				**X**	
		W			434	系	系	xì	4
408	外帶 (外賣)	外带 (外带)	wàidài (wàimài)	6	435	西安	西安	Xīān	2
409	外面	外面	wàimiàn	6	436	下	下	xià	3
410	外套	外套	wàitào	6	437	下班	下班	xià bān	3
411	瓦倫西亞	瓦伦西亚	Wǎlúnxīyà	2	438	下班後	下班后	xià bān hòu	3
412	完	完	wán	7	439	下課	下课	xià kè	5
413	萬	万	wàn	7	440	下次	下次	xiàcì	7
414	晚	晚	wǎn	1	441	鹹	咸	xián	7
					442	先	先	xiān	5

編號	漢字 Caracteres tradicionales	簡體字 Caracteres simplificados	拼音 Pinyin	課文 Lección
501	語法	语法	yǔfǎ	1
502	運動	运动	yùndòng	3
Z				
503	再	再	zài	5
504	再見	再见	zàijiàn	6
505	早	早	zǎo	1
506	早餐	早餐	zǎocān	6
507	早餐店	早餐店	zǎocān diàn	6
508	早上	早上	zǎoshang	1
509	怎麼	怎么	zěnme	4
510	怎麼樣	怎么样	zěnme yàng	5
511	張玲	张玲	Zhāng Líng	1
512	找	找	zhǎo	6
513	找錢	找钱	zhǎo qián	6
514	這裡	这里	zhèlǐ	6
515	這麼	这么	zhème	7
516	真	真	zhēn	7
517	紙	纸	zhǐ	5
518	只	只	zhǐ	6
519	枝	枝	zhī	6
520	知道	知道	zhīdào	6
521	職業	职业	zhíyè	1
522	重	重	zhòng	7
523	鐘	钟	zhōng	5
524	中國	中国	Zhōngguó	1
525	中文	中文	Zhōngwén	2
526	中午	中午	zhōngwǔ	5
527	週末	周末	zhōumò	3
528	桌子	桌子	zhuōzi	6
529	主語	主语	zhǔyǔ	8
530	自己	自己	zìjǐ	4
531	自行車	自行车	zìxíngchē	3
532	自助餐	自助餐	zìzhùcān	7
533	綜合	综合	zònghé	1
534	走	走	zǒu	6
535	嘴巴	嘴巴	zuǐba	6
536	做	做	zuò	3
537	左邊	左	zuǒbiān	6
538	昨天	昨天	zuótiān	5
539	左右	左右	zuǒyòu	6
540	足球	足球	zúqiú	3